從前的我也很可愛啊

少年時代的心情輕飄飄的飛去了，

石川啄木詩歌集

いしかわ たくぼ

石川啄木·著　周作人·譯

「這一生要永遠讀詩。
寂寞的時候，唸一首石川啄木。」

聯袂盛讚

胡適｜白話文學之父　魯迅｜新文化運動領袖　金庸｜武俠小說泰斗

優美的文字 × 細膩的情感 × 浪漫的語調 × 進步的思想

在動盪不安的時代，執筆留下一抹平靜

目錄

目錄

《石川啄木：從前的我也很可愛啊》中的話

他說：「我打你！」我說：「打吧！」就湊上前去，從前的我也很可愛啊。

仰臉看著晴空，總想吹口哨，就吹著玩了。

想要一個很大的水晶球，好對著它想心事。

能夠比誰都先聽到秋聲，有這種特性的人也是可悲吧。

有時候覺得我的心像是剛烤好的麵包一樣。

但願我有愉快的工作，等做完再死吧。

那天晚上我想寫一封誰看見了都會懷念我的長信。

雖是閉了眼睛，心裡卻什麼都不想。太寂寞了，還是睜開眼睛吧。

像斷了線的風箏似的，少年時代的心情輕飄飄的飛去了。

說是悲哀也可以說吧，事物的味道，我嘗得太早了。
他的詩歌是我頂喜歡的。
我們並不為別人的緣故而生活著，我們乃是為了自己的緣故而生活著的。
愛惜剎那剎那的生命之心。
愛惜那在忙碌的生活之中，浮到心頭又復即消去的剎那剎那的感覺之心。

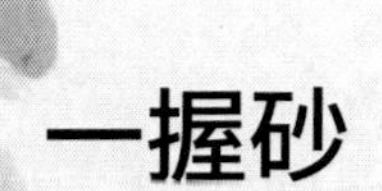

一握砂

這個歌集的名字是根據集中第二首和第八首歌而來的。1910 年 11 月 1 日由東雲堂書店出版。根據岩波書店版《啄木全集》第一卷譯出。

函館的郁雨宮崎大四郎[001]君

同鄉友人文學士花明金田一京助[002]君

此集呈獻於兩君。我彷彿已將一切開示於兩君之前，故兩君關於此處所作的歌，亦當一一多所了解，此我所深信者也。

又以此集一冊，供於亡兒真一之前。將此集稿本，交給書店手裡，是你生下來的早晨。此集的稿費作了你藥餌之資，而我見到此集的清樣則在你火葬的夜裡了。

著者

明治四十一年[003]夏以後所作一千餘首中間，選取五百五十一首，收入此集。集中五篇以感興的由來相近而假為分卷，〈秋風送爽〉則明治四十一年秋的紀念也。

著者

001 宮崎大四郎是啄木在函館認識的朋友，郁雨是他的號。

002 金田一京助是啄木在盛岡中學時的高年級同學，是啄木的好朋友，花明是他的號。啄木生活困難時，他們在經濟上給了啄木一家人很大幫助。

003 1908 年。

愛自己的歌

✿

在東海的小島之濱，
我淚流滿面，
在白砂灘上與螃蟹玩耍著[004]。

✿

不能忘記那頰上流下來的
眼淚也不擦去，
將一握砂給我看的人。

✿

對著大海獨自一人，
預備哭上七八天，
這樣走出了家門。

✿

用手指掘那砂山的砂，
出來了一支
生滿了鏽的手槍。

004 這首歌作於 1908 年 6 月 24 日，登在七月號的《昴星》上。

✽

一夜裡暴風雨來了，

築成的這個砂山，

是誰的墳墓啊。

✽

在這一天，

我匍匐在砂山的砂上，

回憶著遙遠的初戀的苦痛。

✽

橫在砂山腳下的，漂來的木頭，

我環顧著四周，

試著對它說些話。

✽

沒有生命的砂，多麼悲哀啊！

用手一握，

悉悉索索的從手指中間漏下。

✽

溼漉漉的

吸收了眼淚的砂球，

眼淚可是有份量的呀。

✽

在砂上寫下
一百餘個「大」字，
斷了去死的念頭，又回來了。

✽

醒了還不起來，兒子的這個脾氣
是可悲的脾氣呀，
母親啊，請勿責備吧。

✽

一塊泥土和上口水，
做出哭著的母親的肖像，——
想起來是悲哀的事情。

✽

我在沒有燈光的房裡；
父親和母親
從隔壁拄著手杖出來[005]。

✽

玩耍著背了母親，
覺得太輕了，哭了起來，
沒有走上三步。

---

005 這首歌和「玩耍著背了母親」、「像故鄉的父親咳嗽似的」均作於 1908 年 6 月 25 日。

✽

飄然的走出家，
飄然的回來的脾氣啊，
朋友雖然見笑……

✽

像故鄉的父親咳嗽似的
那麼咳嗽了，
生了病覺得人生無聊。

✽

少女們聽了我的哭泣，
將要說是像那
病狗對著月亮號叫吧。

✽

在什麼地方輕輕的有蟲鳴著似的
百無聊賴的心情
今天又感到了。

✽

覺得心將被吸進
非常黑暗的洞穴裡去似的，
睏倦的就睡了。

✤

但願我有

愉快的工作，

等做完再死吧。

✤

在擁擠的電車的一角裡，

縮著身子，

每晚每晚我的可憐相啊。

✤

淺草的熱鬧的夜市，

混了進去，

又混了出來的寂寞的心。

✤

想把愛犬的耳朵切了來看，

可哀呀，這也由於這顆心

對事物都倦了吧。

✤

哭夠了的時候，

拿起鏡子來，

盡可能的作出種種臉相。

✽

眼淚啊，眼淚啊，

真是不可思議啊，

用這洗過了之後，心裡就想遊戲了。

✽

聽到母親吃驚的說話，

這才注意了，——

用筷子正敲著飯碗呢。

✽

躺在草裡邊，

沒有想著什麼事，

鳥兒在空中遊戲，在我的額上撒了糞。

✽

我的鬍子有下垂的毛病，

使我覺得生氣，

因為近來很像一個討厭的人。

✽

森林裡邊聽見槍聲，

哎呀，哎呀，

自己尋死的聲音多麼愉快。

✽

耳朵靠了大樹的枝幹，

有小半日的工夫，

剝著堅硬的樹皮。

✽

「為這點事就死去嗎？」

「為這點事就活著嗎？」

住了，住了，不要再問答了！

✽

偶然得到的

這平靜的心情，

連時鐘的報時聽起來也很好玩。

✽

忽然感覺深的恐怖，

一動也不動，

隨後靜靜的摸弄肚臍。

✽

走到高山的頂上，

無緣無故的揮揮帽子，

又走下來了。

✽

什麼地方像是有許多人
競爭著抽籤的樣子，
我也想要去抽。

✽

生氣的時候，
必定打破一個缸子，
打破了九百九十九個，隨後死吧[006]。

✽

時常在電車裡遇見的那矮個子的
含怒的眼睛，
這陣子使我感到不安了[007]。

✽

來到鏡子店的前面，
突然的吃驚了，
我走路的樣子顯得多麼寒傖啊。

✽

不知怎的想坐火車了，
下了火車
卻沒有去處。

006　這首歌作於 1908 年 7 月 16 日。
007　這首歌作於 1909 年 4 月 2 日。

✽

有時走進空屋裡去吸菸，

哎呀，只因為想

一個人待著。

✽

無緣無故的覺得寂寞了

就出去走走，我成了這麼個人，

至今已是三個月了。

✽

把發熱的面頰

埋在柔軟的積雪裡一般，

想那麼戀愛一下看看。

✽

可悲的是，

給那滿足不了的利己的念頭

纏得沒有辦法的男子。

✽

在房間裡，

攤開手腳躺下，

隨後靜靜的又起來了。

✻

像從百年的長眠裡醒過來似的，
打個呵欠，
沒有想著什麼事。

✻

抱著兩隻手，
近來這麼想：
讓大敵在眼前跳出來吧。

✻

我會到了個男子，
兩手又白又大，
人家說他是個非凡的人[008]。

✻

想要愉快的
稱讚別人一番；
寂寞啊，對於利己心感到厭倦了。

✻

天下了雨，
我家的人臉色都陰沉沉的，
雨還是晴了才好。

---

008 這首歌作於 1909 年 3 月 22 日。「非凡的人」指東京朝日新聞社主筆池邊三山。當時啄木是該社校對，池邊很器重他，叫他幫助做《二葉亭四迷全集》的編輯工作。

✽

有沒有
用從高處跳下似的心情，
了此一生的辦法呢？

✽

這些日子裡，
胸中有隱藏著的悔恨，——
不叫人家笑我。

✽

聽見諂媚的話，
就生氣的我的心情，
因為太了解自己而悲哀啊。

✽

把人家敲門叫醒了，
自己卻逃了來，多好玩呀，
過去的事情真可懷戀呀。

✽

舉止裝作非凡的人，
這以後的寂寞，
什麼可以相比呢。

✻

他那高大的身子

真是可憎呀，

到他面前說什麼話的時候[009]。

✻

把我看作不中用的

歌人的人，

我向他借了錢。

✻

遠遠的聽見笛子的聲音，

大概因為低著頭的緣故吧，

我流下淚來了。

✻

說那樣也好，這樣也好的

那種人多快活，

我很想學到他的樣子。

✻

把死當作

常吃的藥一般，

在心痛的時候。

009　這首歌發表於 1910 年 3 月 19 日，回憶一年前初入朝日新聞社時的事。「他」指朝日新聞社總編輯佐藤北江。

✽

路旁的狗打了個長長的呵欠，

我也學牠的樣，

因為羨慕的緣故。

✽

認真的拿竹子打狗的

小孩的臉，

我覺得是好的。

✽

發電機的

沉重的呻吟，多麼痛快呀，

啊啊，我想那樣的說話！

✽

好詼諧的友人死後

面上的青色的疲勞，

至今還在目前。

✽

為性情易變的人做事，

深深的覺得

這世間討厭了。

✽

像龍似的在天空上躍出，

隨即消滅了的煙，

看起了沒有饜足。

✽

愉快的疲勞呀，

連氣也不透，

做完工作後的疲勞。

✽

假裝睡著，勉強打呵欠，

為什麼這樣做呢？

因為不願讓人家覺察自己的心事。

✽

停住了筷子，忽然的想到，

於今漸漸的

也看慣了世間的習氣了。

✽

早晨讀到了

已過了婚期的妹妹[010]的

像是情書似的信。

---

010 啄木的妹妹叫光子，後嫁給三浦清一。

✽

我感到一種溼漉漉的

像是吸了水的海綿似的

沉重的心情。

✽

死吧死吧，自己生著氣，

沉默著的

心底的黑暗的空虛。

✽

人家在說話，

只見他那野獸似的臉，

一張一閉的嘴。

✽

父母和兒子，

懷著不同的心思，靜靜的對著，

多麼不愉快的事呀。

✽

沒有死成的

是乘那隻船，

參加那一趟航海的一個旅客。

✿

眼前的點心碟子什麼的，
想要嘎嘎的咬碎它，
真是焦躁呀。

✿

很會笑的青年男子
要是死了的話，
這個世間總要寂寞點吧。

✿

無端地想要
在草原上面跑一跑，
直到喘不過氣來。

✿

穿上新洋服什麼的，
旅行去吧，
今年也這麼想過。

✿

故意的滅了燈火，
睜著眼想著，
那是極平常的事情。

✿

在淺草凌雲閣[011]的頂上，

抱著手臂的那天，

寫下了長長的日記。

✿

這是尋常的玩笑麼，

拿著刀裝出死的樣子，

那個臉色，那個臉色。

✿

喊喊嚓嚓的說話聲逐漸高起來，

手槍響了，

人生終局了。

✿

有時候

想要像小孩似的鬧著玩，

不是戀愛著的人該做的事吧。

✿

一出了家門，

日光溫暖的照著，

深深的吸了一口氣。

---

011 凌雲閣在淺草公園裡，有十二層樓，俗稱「十二階」。1923 年關東大地震時被破壞。

✽

疲倦的牛的口涎，

滴滴嗒嗒的

千萬年也流不盡似的。

✽

在路旁鋪石上邊，

有個男子抱著手臂；

仰臉看著天。

✽

我看著那群人，

不知怎的帶著不安的目光

掄著鐵鎬。

✽

今天從我心裡逃出去了，

像有病的野獸似的

不平的心情逃出去了。

✽

寬大的心情到來了，

走路的時候

似乎肚子裡也長了力氣。

✽

只因為想要獨自哭泣，

到這裡來睡了，

旅館的被褥多舒服呀。

✽

朋友啊，別討厭，

乞食者的下賤，

餓的時候我也是這般。

✽

新墨水的氣味，

打開塞子時，

沁到飢餓的肚子裡去的悲哀。

✽

悲哀的是，

忍住了嗓子的乾燥，

蜷縮在夜寒的被窩裡的時候。

✽

哪怕只讓我低過一次頭的人，

都死了吧！

我曾這樣的祈禱。

✽

跟我相像的兩個朋友：
一個是死了，
一個出了監牢，至今還病著。

✽

有著豐富的才能，
卻為妻子的緣故而煩惱的友人，
我為他而悲哀。

✽

吐露了心懷，
彷彿覺得吃了虧似的，
和朋友告別了。

✽

看著那陰沉沉的
灰暗的天空，
我似乎想要殺人了[012]。

---

012 這首歌作於1910年10月13日，啄木在歌中對所謂「大逆事件」表示憤激之情。「大逆事件」又名「幸德秋水事件」。幸德秋水（1871－1911）是日本傑出的革命家。1910年，日本反動政府為了鎮壓社會主義運動，藉口「謀刺」明治天皇的罪名，在全國範圍內逮捕了數百名社會主義者和無政府主義者，對其中二十六人加以起訴，1911年1月把幸德秋水等十二人處以死刑。

✽

只不過有著平凡的才能，

我的友人的深深的不平，

也著實可憐啊。

✽

誰看去都是一無可取的男子來了，

他擺了一通架子又回去：

有像這樣可悲的事麼？

✽

不管怎樣工作，

不管怎樣工作，我的生活還是不能安樂：

我定睛看著自己的手[013]。

✽

將來的事好像樣樣都看得見，

這個悲哀啊，

可是拂拭不掉。

✽

正如有一天。

急於想喝酒，

今天我也急於想要錢。

013　這首歌作於1910年7月26日。

✽

喜歡玩弄水晶球，
我這顆心
究竟是什麼心啊。

✽

沒有什麼事，
而且愉快的長胖著，
我這個時期多不滿足啊。

✽

想要一個
很大的水晶球，
好對著它想心事。

✽

對自誇的友人
隨口應答者，
心裡好像給予一種施捨。

✽

一天早晨從悲哀的夢裡醒來時，
鼻子裡聞到了
煮醬湯的香氣！

✽

空地裡篤篤的琢石頭的聲音，

在耳朵裡響，

直到走進家裡。

✽

多麼可悲呀，

彷彿頭裡邊有個山崖，

每天有泥土在坍塌。

✽

就像遠方有電話鈴響著一樣，

今天也覺耳鳴，

悲哀的一天呀。

✽

有泥垢的袷衣的領子啊，

悲哀的是

帶著故鄉的炒核桃的氣味。

✽

想死得不得了的時候，

在廁所裡躲過人家的眼淚，

裝了可怕的臉相。

✽

目送著一隊兵走過去，
我感到悲哀了，
看他們是多麼沒有憂慮啊。

✽

這一天同胞的臉
顯得卑鄙不堪，
就躲在家裡吧。

✽

下一次的休息日就睡一天看吧，
這樣想著，打發走了
三年來的時光。

✽

有時候覺得我的心
像是剛烤好的
麵包一樣。

✽

滴答滴答的
落下的雨點，
在我疼痛的頭裡震著的悲哀呀。

✽

有一天，

把屋裡的紙門重新裱糊了一遍，

因此這一天就心平氣和了。

✽

心想這樣是不行的，

站了起來，

聽見門外有馬嘶聲。

✽

茫然的站在廊子裡，

粗暴的推那門，

立刻就開了。

✽

定睛看著

吸了黑的和紅的墨水

變得乾硬的海綿。

✽

那天晚上我想寫一封

誰看見了都會

懷念我的長信。

✽

有沒有那一種藥？

淡綠色的，

喝了會使身體像水似的透明的藥？

✽

平常盯著洋燈覺得厭倦了，

三天的工夫

和蠟燭的火親近。

✽

有一天覺得

人類不用的語言，

只有我一個人知道似的。

✽

尋求新的心情，

今天又徬徨著來到

名字也不知道的街上。

✽

友人似乎都顯得比我偉大的一天，

我買了花來，

和妻子一同欣賞。

✽

我在這裡
幹什麼呢？
有時像這樣吃了一驚，望著室內。

✽

有人在電車裡吐唾沫；
連這個
也使我心痛。

✽

想要找個遊玩到天亮，混過時光的地方；
想到家裡，
心裡涼了[014]。

✽

可悲呀，人人都有家庭，
正如走進墳墓裡似的，
回去睡覺。

✽

想顯示什麼不可思議的事，
人家都在吃驚的時候，
自己就消逝掉。

---

014 這首歌和下一首均作於 1910 年 10 月 13 日。啄木的妻子堀合節子和婆婆不合，啄木因此很苦惱。啄木在 1899 年即和節子相識，1905 年結婚。

✿

人人的心裡邊，
都有一個囚徒
在呻吟著，多麼悲哀呀。

✿

挨了罵，
哇的一聲就哭出來的兒童的心情；
我也想要有那種心情。

✿

連偷竊這事我也不覺得是壞的。
心情很悲哀，
可以躲避的地方也沒有。

✿

怯弱的男子
有一天感覺到了
像解放的女人[015]似的悲哀。

✿

院子裡的石頭上，
當的把手錶扔去，
從前的我發怒的樣子很可懷念。

---

015 指新式的女人。

✽

漲紅了臉生了氣，
到了第二天
又沒什麼了，使我覺得寂寞。

✽

焦急的心啊，你悲哀了，
來吧來吧，
且稍微打點呵欠什麼的吧。

✽

有個女人，
挖空心思不違背我的囑咐，
看著時也是可悲啊[016]！

---

016 這首歌作於1910年9月9日，下五首也是同時作的。

✿

我在秋天的雨夜曾經罵過
我們日本的沒志氣的
女人們[017]。

✿

生為男子？又與男子交際，
總是吃虧，
為這個緣故吧，秋天像是沁進了身體。

✿

我所抱的一切思想
彷彿都是沒有錢而引起的；
秋風吹起來了。

---

017 這首歌罵日本女人沒志氣。參看《叫子和口哨》中的〈書齋的午後〉。1908 年 6 月 22 日社會主義者在神田錦輝館開會，發生了高揭紅旗事件，菅野清子等被捕，當時啄木作了一些歌，收在未發表的歌稿《閒暇的時候》裡。其中談到菅野的有兩首歌：
「妳這女士啊，
乞將紅的叛旗
親手縫了賜給我吧。」
「妳若是男子，
將已有兩個大都市
被燒掉了吧。」
從這兩首歌裡，可以知道啄木對女人的期望。

✽

寫了無聊的小說覺得高興的

那個男子多可憐啊，

初秋的風。

✽

秋風來了，

從今天起我不想再和那肥胖的人

開口說話了。

✽

今天有了這樣一種心情：

好像在筆直的

看不到頭的街上走路。

✽

不想忘記那

什麼事也不惦念，

匆匆忙忙度過的一天。

✽

笑著說什麼事都是錢，錢，

過了一會兒

忽然又起了不平的念頭。

✿

讓什麼人
用手槍來打我吧，
像伊藤一樣的死給他看[018]。

✿

我做了個夢：
桂首相[019]「呀」的一聲握住了我的手，
醒來正是秋天夜裡的兩點鐘。

---

018 這首歌和下一首均作於1910年9月9日，伊藤即伊藤博文（1841－1909），日本駐朝鮮的統監，1909年在哈爾濱為朝鮮愛國志士安重根所擊斃。
019 桂首相即桂太郎（1850－1916），日本軍人內閣的首相。

煙

一

✽

生了病似的

思鄉之情湧上來的一天，

看著藍天上的煙也覺得可悲。

✽

輕輕的叫了自己的名字，

落下淚來的

那十四歲的春天，沒法再回去呀[020]。

✽

在藍天裡消逝的煙，

寂寞的消逝的煙呀，

與我有點相像吧。

✽

那回旅行的火車裡的服務員，

不料竟是

我在中學時的友人。

020　這首歌作於1908年6月23日。啄木在1898年入盛岡中學，這是指第二年的事情。

✽

暫時懷著少年的心情，
看著水從唧筒裡沖出來，
沖得多愉快啊。

✽

師友都不知道而譴責了，
像謎似的
我的學業荒廢的原因[021]。

✽

從教室的窗戶裡逃出去，
只是一個人，
到城址裡去睡覺。

✽

在不來方的城址的草上躺著，
給空中吸去了的
十五歲的心。

---

021 啄木在中學一、二年級時成績很好，到三年級時成績就差了。這一方面是由於和堀合節子的戀愛問題的關係，一方面也是因為對學問發生了懷疑。他念到中學五年級時，突然以「家事上的關係」為理由，向學校請求退學。

✽

說是悲哀也可以說吧，

事物的味道，

我嘗得太早了。

✽

仰臉看著晴空，

總想吹口哨，

就吹著玩了。

✽

夜裡睡著也吹口哨，

口哨乃是

十五歲的我的歌。

✽

有個喜歡申斥人的老師[022]，

因為鬍鬚相像，外號叫「山羊」，

我曾學他說話的樣子。

✽

跟我在一起，

對小鳥扔石子玩的

還有退伍的大尉的兒子。

022　指盛岡中學數學教員富田子一郎，他是啄木那班的級任老師。

✽

在城址的
石頭上坐著，
獨自嘗著樹上的禁果。

✽

後來捨棄了我的友人，
那時候也在一起讀書，
一起玩耍。

✽

學校圖書館後邊的秋草，
開了黃花，
至今不知道它的名字。

✽

花兒一謝，
就比人家先換上白衣服
出門去了的我呀。

✽

現在已去世的姐姐[023]的愛人的兄弟，
曾跟我很要好，
想起來覺得悲哀。

023 指啄木的大姐定子。

✻

也有個年輕的英語教師，

暑假完了，

就那麼不回來了。

✻

想起罷課的事情來，

現今已不那麼興奮了，

悄悄的覺得寂寞[024]。

✻

盛岡中學校的

露臺的欄杆啊，

再讓我去倚一回吧。

✻

把主張說有神的朋友，

給說服了，

在那校旁的栗樹底下。

024　指 1901 年啄木上三年級的時候，帶領同學進行的罷課。當時盛岡中學的老教員排斥新教員，使新教員沒辦法待下去。三、四年級的學生共同商量學校革新的方法，由啄木起草質問校長，兩班學生全體罷課，結果學生勝利，老教員大部分被撤職或轉任別處。

✽

內丸大街的櫻樹葉子
被西風颳散，
我悉悉索索的踏著玩。

✽

那時候愛讀的書啊，
如今大部分
並不流行了。

✽

像一塊石頭，
順著坡滾下來似的，
我到達了今天的日子。

✽

含著憂愁的少年的眼睛，
羨慕小鳥的飛翔，
羨慕牠且飛翔且唱歌。

✽

解剖了的
蚯蚓的生命可悲傷呀，
在那校庭的木柵底下。

✽

我眼睛裡燃著對知識的無限欲求，

使姐姐擔憂，

以為我是戀愛著什麼人。

✽

把蘇峰[025]的書勸我看的友人，

早已退學了，

為了貧窮的關係。

✽

我一個人老是笑

那博學的老師，

笑他那滑稽的手勢。

✽

一個老師告訴我，

曾有人恃著自己有才能，

耽誤了前程。

✽

當年學校裡的頭一號懶人，

現在認真的

在勞動著。

025 即德富蘇峰（1863 — 1957），明治初期的文人，後來成為日本反動政府的御用記者。

✽

鄉下人般的旅行裝束，

在京城裡暴露了三天，

隨後回去了的友人啊。

✽

在茨島的栽著松樹的街道上，

和我並走的少女[026]啊，

恃著自己的才能。

✽

生了眼病戴上黑眼鏡的時候，

在那個時候

學會了獨自哭泣。

✽

我的心情，

今天也悄悄的要哭泣了，

友人都走著各自的道路。

✽

比人先知道了戀愛的甜味，

知道了悲哀的我，

也比人先老了。

---

026 指板垣玉代，啄木的愛人堀合節子的小學和中學時的同學。

✽

興致來了，

友人[027]垂淚揮著手，

像醉漢似的說著話。

✽

分開人群進來的

我的友人拿著

與從前一樣的粗手杖。

✽

寫好看的賀年信來的人，

和他疏遠，

已有三年的光景。

✽

夢醒了忽然的感到悲哀，

我的睡眠

不再像從前那樣安穩了。

✽

從前以才華出名的

我的友人現在在牢裡；

颳起了秋風。

---

027 指金田一京助。

✻

有著近視眼，

做出詼諧的歌的

茂雄[028]的戀愛也是可悲呀。

✻

我妻的從前的願望

原是在音樂上，

現在卻不再歌唱[029]。

✻

友人有一天都散到四方去了，

已經過了八年，

沒有成名的人。

✻

我的戀愛

初次對友人公開了的那夜的事，

有一天回想起來。

✻

像斷了線的風箏似的，

---

028 指小林茂雄，啄木在盛岡中學時和同學們一起組成的文學小組「白羊會」的同人之一。

029 這首歌發表於 1910 年十一月號的《昴星》上。堀合節子畢業於盛岡女學校，對音樂很有興趣。也長於唱歌，但因家境關係，沒能升音樂學校。

少年時代的心情
輕飄飄的飛去了。

二

✽
故鄉的口音可懷念啊，
到車站的人群中去，
為的是聽那口音。

✽
像有病的野獸似的，
我的心情啊，
聽了故鄉的事情就安靜了。

✽
忽然想到了，
在故鄉時每天聽見的麻雀叫聲，
有三年沒聽到了。

✽
去世的老師
從前給我的
地理書，取出來看著。

✽

從前的時候
我扔到小學校的板屋頂上的球，
怎樣了呢？

✽

扔在故鄉的
路旁的石頭啊，
今年也被野草埋了吧。

✽

分離著覺得妹妹很可愛啊，
從前是個哭嚷著
想要紅帶子的木屐的孩子。

✽

兩天前看見了高山的畫，
到了今晨
忽然懷念起故鄉的山來了。

✽

聽著賣糖的嗩吶，
似乎拾著了
早已失掉了的稚氣的心。

✽

這一陣子

母親也時時說起故鄉的事，

已經入了秋天。

✽

沒有什麼目的，

說起鄉里的什麼事情，

秋夜烤年糕的香味。

✽

澀民村多麼可懷戀啊，

回想裡的山，

回想裡的河。

✽

賣光了田地來喝酒，

滅亡下去的故鄉的人們，

有一天使我很關心。

✽

哎呀，再過不久，

我所教過的孩子們，

也將捨棄故鄉而出去吧。

✾

和從故鄉出來的

孩子們相會，

沒有能勝過這種喜悅的悲哀。

✾

像用石頭追擊著似的，

走出故鄉的悲哀，

永遠不會消失[030]。

✾

楊柳柔軟的發綠了。

看見了北上川的岸邊，

像是叫人哭似的。

✾

故鄉的村醫的妻子[031]的

用樸素的梳子捲著的頭髮

也是很可懷念。

---

030 這首歌敘述離開家鄉的悲哀。啄木的父親原是澀民村寶德寺的僧侶。1902 年 10 月啄木念到中學五年級時退學，11 月到東京去，第二年 2 月在東京生病。他父親為了湊錢接他回鄉，就私自把寶德寺的樹木賣掉，結果受到處分，被撤除僧侶的職務。啄木在 1905 年結婚，1906 年 4 月在澀民小學教書。1907 年 4 月領導學生罷課，反對校長，被開除教職。那年 3 月，啄木的父親出走，到青森縣野邊地去住，一方面是因為沒希望回到寶德寺去，另一方面是因為家裡貧困。5 月裡，啄木帶妹妹光子到北海道去，打發妻子回娘家，把母親託給朋友照看，至此全家離散。

031 這裡的村醫的妻子指當時在澀民村惟一的醫生瀨川彥太郎的妻子，名叫愛子。

✽

那個來到村裡的登記所的

男子生了肺病，

不久就死去了。

✽

在小學校和我爭第一名的

同學所經營的

小客店啊。

✽

千代治[032]他們也長大了，

戀愛了，生了孩子吧，

正如我在外鄉所做的那樣。

✽

我記起了那個女人[033]：

有一年盂蘭會的時候，

她說借給你衣服，來跳舞吧。

✽

有著痴呆的哥哥

和殘廢的父親的三太多悲哀啊，

夜裡還讀著書。

---

032 即工藤千代治，啄木在小學時的同學。上一首歌中所談到的也是他。

033 同注 31。

✽

跟我一起曾騎了
栗色的小馬駒的，
那沒有母親的孩子的盜癖啊。

✽

外褂的大花樣的紅花
現今猶如在眼前，
六歲時候的戀愛。

✽

連名字都差不多要忘記了的時候，
飄然的忽而來到故鄉。
老是咳嗽的男子。

✽

木匠的左性子的兒子等人
也可悲啊，
出去打仗不曾活著回來。

✽

那個惡霸地主的
生了肺病的長子，
娶媳婦的日子打了春雷。

✿

蘿蔔花開得很白的晚上，

對著宗次郎，

阿兼又在哭著訴說了[034]。

✿

村公所的膽小的書記，

傳說是發瘋了，

故鄉的秋天。

✿

我的堂兄，

在山野打獵厭倦了之後，

喝上了酒，賣了家屋，得病死了。

✿

我走去執著他的手，

哭著就安靜下去了，

那喝醉酒胡鬧的從前的友人。

✿

有個喝了酒

就拔了刀追趕老婆的教師，

被趕出村去了。

---

034 宗次郎原名沼田總次郎，歌中把「總」改為「宗」。他住在啄木對門，常常喝醉酒，和妻子阿兼爭吵。

✽

每年生肺病的人增加了，
村裡迎來了
年輕的醫生[035]。

✽

想去捕螢火蟲，
我要往河邊去，
卻有人[036]勸我往山路去。

✽

因了京城裡的雨，
想起雨來了，
那落在馬鈴薯的紫花上面的雨。

✽

哎呀，我的鄉愁，
像金子似的
清淨無間的照在心上。

✽

沒有一同玩耍的朋友的，
警察的壞脾氣的孩子們，
也是可悲啊。

035　瀨川彥太郎。
036　指啄木在小學任教時的同僚堀田秀子。

✽

布穀鳥叫的時候，

說是就發作的

友人的毛病不知怎麼樣了。

✽

我所想的事情

大概是不錯的了，

故鄉的消息到來的早晨。

✽

今天聽說

那個運氣不好的鰥夫

專心在談不純潔的戀愛。

✽

有人[037]在唱讚美歌，

為的是讓我

鎮定煩惱的心靈。

✽

哎呀，那個有男子氣概的靈魂啊，

現今在哪裡，

想著什麼呀？

---

037 指啄木在小學任教時的同僚上野佐米子。她是基督教徒。

✽

在朦朧的月夜，
把我院子裡的白杜鵑花，
折了去的事情不可忘記啊。

✽

頭一次到我們村裡，
傳耶穌基督之道的
年輕的女人[038]。

✽

霧深的好摩原野的車站，
早晨的
蟲聲想必很凌亂吧。

✽

列車的窗裡，
遠遠見到北邊故鄉的山
不覺正襟相對。

✽

踏著故鄉的泥土，
我的腳不知怎的輕了，
我的心卻沉重了。

---

038 同注 37。

✤

進了故鄉先自傷心了，

道路變寬了，

橋也新了。

✤

不曾見過的女教師，

站在我們從前念過書的

學校的窗口。

✤

就在那個人家的那個窗下，

春天的夜裡，

我和秀子[039]同聽過蛙聲。

✤

那時候神童[040]的名稱

好悲哀呀，

來到故鄉哭泣，正是為了那事。

---

039 同注36。

040 啄木五歲時上澀民小學，成績優異，有神童之稱。

✽

故鄉的到車站去的路上，
在那河旁的
胡桃樹下拾過小石子。

✽

對著故鄉的山，
沒有什麼話說，
故鄉的山是可感謝的。

秋風送爽

✽

遙望故鄉的天空，

獨自升上高高的房屋，

又憂愁的下來了。

✽

皎然與白玉比白的少年，

說是秋天到了，

就有所憂思了。

✽

悲哀的要算秋風了吧，

以前偶然才湧出的眼淚，

現在卻時常流下了。

✽

綠色透明的

悲哀的玉當作枕頭，

通夜的聽松樹的聲響。

✽

森嚴的七山的杉樹，

像火似的染著落日，

多麼安靜啊。

✽

讀了就知道憂愁的書
給焚燒了的
古時的人真是痛快呀。

✽

一切都虛無似的
把悲哀聚集在一起的
暗下來的天氣。

✽

在水窪子裡浮著，
暗下來的天空和紅色的帶子，
秋天的雨後。

✽

秋天來了，
像用水洗過似的，
所想的事情都變清新了。

✽

憂愁著走來，
爬上小山，
有不知名的鳥在啄荊棘的種子。

✽

秋天的十字路口，

吹向四條路的那三條的風，

看不見它的蹤跡。

✽

能夠比誰都先聽到秋聲，

有這種特性的人

也是可悲吧[041]。

✽

雖然是看慣的山[042]，

秋天來了，

也恭敬的看，有神住在那裡吧。

✽

在世上我可做的事情已經做完了，

漫長的日子，

唉唉，為什麼這樣的憂思呢？

✽

嘩啦嘩啦的雨落下來了，

看到庭院漸漸的溼了，

忘記了眼淚。

---

041 這首歌作於 1908 年 8 月 29 日。
042 指岩手郡的姬神山，傳說這山是女性，為岩手山神的妻。

✽

在故鄉寺院[043]的廊下，
夢見了
蝴蝶踏在小梳子上。

✽

試想變成
孩提時代的我，
與人家說說話看。

✽

秋風吹起來的時候，
黍葉叭噠叭噠的響，
故鄉的檐端很可懷念啊。

✽

我們肩頭相摩的時候，
所看見的那一點，
把它記在日記裡了。

✽

古今的風流男子，
夜裡枕著春雪似的玉手，
但是老了吧。

043 啄木生於岩手郡玉山村的常光寺，一歲多的時候隨家人遷到澀民村的寶德寺。這裡指寶德寺。

✻

想暫時忘記了也罷，
像鋪地的石頭
被春天的草埋沒了一樣。

✻

從前睡在搖籃裡，
夢見許多次的人，
最可懷念啊。

✻

想起十月小陽春的
岩手山的初雪，
逼近眉睫的早晨的光景。

✻

旱天的雨嘩啦嘩啦的下了，
庭前的胡枝子
稍微有點凌亂了。

✻

秋日的天空寥廓，沒有片影，
覺得太寂寞了，
有烏鴉什麼的飛翔也好[044]。

---

044 這首歌作於 1908 年 8 月 29 日。

✽

雨後的月亮，

溼透了的屋頂的瓦

處處有光，也顯得悲哀啊。

✽

我挨餓的一天，

搖著細尾巴，

餓著看我的狗的臉相。

✽

不知什麼時候，

忘記了哭的我，

沒有人能使得我哭麼？

✽

唉，酒的悲哀

湧到我身上，

站起來舞一會兒吧。

✽

蟋蟀叫了，

蹲在旁邊的石頭上，

且哭且笑的獨自說話。

✽

自從生了病沒有了力氣，

稍微張著嘴睡，

就成為習慣了。

✽

把只不過得到一個人的事，

作為大願，

這是少年時候的錯誤。

✽

有所怨恨時

她柔和的抬著眼睛看人，

我要是說她可愛，豈不更是無情了麼。

✽

這樣的熱淚，

在初戀的日子也曾有過，

以後就沒有哭的日子了。

✽

像是會見了

長久忘記了的朋友似的，

高興的聽流水的聲音。

✽

秋天的夜裡
在鋼鐵色的天空上，
心想有個噴火的山該多好。

✽

岩手山的秋天
山麓的三面原野裡
滿是蟲聲，到哪邊去聽呢？

✽

對沒有家的孩子，
秋天像父親一樣嚴肅，
秋天像母親一樣可親。

✽

秋天來了，
戀愛的心沒有閒暇啊，
夜裡睡著也聽著許多雁在叫。

✽

九月也已經過了一半，
像這樣幼稚的不說明，
要到幾時為止呢？

✽

不說相思的話的人，

送了來的

勿忘草的意思很清楚。

✽

像秋雨時候容易彎的弓似的，

這一陣子，

你不大親近我了。

✽

松樹的風聲晝夜的響，

傳進沒有人訪問的山澗祠廟的

石馬的耳裡。

✽

朽木的微微的香氣，

夾雜著菌類的香氣，

漸漸的到了深秋。

✽

發出下秋雨般的聲音，

森林裡的很像人的猴子們，

從樹上爬了過去。

✽

森林裡頭，

遠遠的有聲響，像是來到了

在樹洞裡碾磨的侏儒的國。

✽

世界一起頭，

先有樹林，

半神的人在裡邊守著火吧？

✽

沒有邊際的砂接連著，

在戈壁之野住著的神，

是秋天之神吧。

✽

天地之間只有

我的悲哀和月光

還有籠罩一切的秋夜。

✽

徬徨行走，像是挑選拾著

悲哀的夜裡

漏出來的東西的聲音。

✽

羈旅的孩子

來到故鄉睡的時候，

冬天確實靜靜的來了。

難忘記的人們[045]

一

✽

海水微香的北方的海邊的，

砂山的海邊薔薇[046]啊，

今年也還開著麼？

✽

恃著還年輕，

數數自己的歲數，凝視著指頭，

旅行也厭倦了。

✽

約莫三回，

從列車窗裡望過的街道的名字，

也覺得親近了。

045《難忘記的人們》共分兩部分。第一部分所記的是啄木在東北地方流浪時的見聞。啄木在 1907 年 5 月離開故鄉，到函館當《紅苜蓿》的編輯，兼任小學教員。8 月裡函館大火，學校燒毀。他在 9 月去札幌，由友人介紹，到小樽辦報，在小樽日報社不久，他和詩人野口雨情反對主筆，引起社內的糾紛，在 12 月退職。1908 年 1 月他入釧路新聞社，不到三個月又決意做文學，4 月裡到東京去。

046 海邊薔薇，原作濱薔薇，又名濱茄子，因生於海濱，故名。果實的形狀像茄子，作黃紅色，可生食。

✼

函館的剃頭鋪的徒弟，

也回想起來了，

叫他剃耳朵很是舒服呀。

✼

跟著我來到這裡，

沒有一個相識的人，

住在窮鄉僻壤的母妻[047]。

✼

想起津輕的海來，

妹妹的眼光如在目前，

因了暈船變得柔和了[048]。

✼

閉了眼睛，

念起傷心的詩句來的

那友人來信的詼諧煞是可悲啊[049]。

047 啄木到函館後，他的母親和妻子也跟來，住在青柳町，得到宮崎郁雨的不少幫助。

048 日本本島和北海道之間隔著津輕海峽，青森和函館間有聯絡船。

049 這首歌和下兩首都是詠紅苜蓿社同好岩崎白鯨的，岩崎是個郵局職員。

✽

幼小的時候
在橋欄上塗糞的事情，
友人也感傷的說了。

✽

恐怕一生也不要娶妻吧，
笑著說話的友人啊，
至今不曾娶呢。

✽

唉唉，那眼鏡的
框兒在寂寞的發光的
女教師[050]啊。

✽

友人給我飯吃了，
卻辜負了那個友人；
我的性格多可悲呀。

✽

函館的青柳町煞是可悲哀啊，
友人[051]的戀歌，
鬼燈檠的花。

---

050 指啄木在函館彌生小學任教時的同僚高橋末子。
051 指紅苜蓿社社員。

✼

懷念故鄉的

麥的香氣，

女人的眉毛把人心顛倒了。

✼

聞著新的洋書的

紙的香味，

一心的想要得錢的時候。

✼

白浪沖來喧囂著的

函館的大森濱，

在那裡想過多少事情。

✼

每天早晨

都唱出中國的俗歌來的鬧鐘，

我喜愛它，也是可悲啊。

✼

敘述漂泊的憂愁

沒有寫成功的草稿，

字跡多麼難讀啊[052]。

052〈漂泊〉是啄木所作的一篇未完成的小說，作於 1907 年 7 月，登在《紅苜蓿》雜誌上面。

✽

好幾回想要死了，
終於沒有死，
我過去又可笑又可悲。

✽

函館的臥牛山的山腹的
石碑上的漢詩，
有一半已經忘記[053]。

✽

喃喃的
口中說著什麼高貴的事情，
也有這樣的乞丐。

✽

請你把我看作一個不足取的男子吧，
彷彿這樣說著就入山去了，
像神似的友人[054]。

---

053 函館山上有「碧血碑」，是為了紀念明治維新時戰死的幕府軍士而立的。背面刻著漢詩：「戰骨全收海勢移，紛華誰復記當時。鯨風鱷雨函山夕，宿草茫茫碧血碑。明治三十四年八月來展題之，東京鴨北老人宮本小一。」

054 指大島流人。他原來是紅苜蓿社的主任，後因對人生產生懷疑，就擺脫一切，隱居故鄉。

✽

口裡銜著雪茄煙，
在波浪洶湧的
海邊夜霧中立著的女人。

✽

趁陸軍演習的閒暇，
特地坐了火車
來訪的友人，和他共飲的酒啊[055]。

✽

每逢看見大川的水面，
郁雨啊，
我就想到你的煩惱。

✽

空有著智慧
和深深的慈悲，
友人卻無事可做的閒遊著。

✽

不得志的人們
聚集了來飲酒的地方
那是我的家裡。

---

055 這首歌和下兩首都是詠宮崎郁雨的。1907年郁雨由函館商業學校畢業，進旭川陸軍連隊，當一年志願兵，曾趁著演習的機會來看啄木。

✽

覺得悲哀就高聲的笑，
喝酒來解悶的
比我年長的友人。

✽

友人[056]年紀很輕，
就已經是幾個孩子的父親了，
酒醉了就唱起歌來，像沒有孩子的人一樣。

✽

像沒有什麼事似的笑聲，
同酒一起，
彷彿沁進了我的心腸。

✽

咬住了呵欠，
在夜車窗前告別，
那離別如今覺得不滿意。

✽

在雨溼的夜車的窗裡
映照出來的
山間市鎮的燈光的顏色。

056 指小學教員吉野白村。他也是《紅苜蓿》同好之一。

✽

下大雨的夜裡的火車，

不住的有水點兒流下來的

窗玻璃啊。

✽

半夜裡

在俱知安站[057]下車去的

女人的鬢邊的舊傷痕。

✽

那個秋天我帶到

札幌去的，

至今還帶著的悲哀啊[058]。

✽

日記上記著：

秋風颳著街旁的洋槐，

刮著白楊，煞是可悲啊。

---

057 北海道鐵路的一站，在函館和札幌之間。

058 這首歌表示啄木離開函館後對桔智惠子的離別之情。桔智惠子是啄木在函館彌生小學校任教時的同僚。啄木和她只談過兩次話，但對她產生了很深的印象，曾在日記裡把她比作「矗立的紅百合」。《難忘記的人們》第二部分的二十二首歌都是為了紀念她而作的。

✽

沉沉的秋夜，

在廣闊的街道上

有燒老玉米的香氣。

✽

在我住的地方，姐妹在爭論，

初夜已過的

札幌的雨後[059]。

✽

石狩的叫做美國的車站上，

在柵欄上晾著的

紅布片啊[060]。

✽

可悲的是小樽的市鎮啊，

沒有唱過歌的人們，

聲音多粗糙啊。

---

059 啄木在書簡裡說：「札幌是好地方。如能安定地度日，很想在這裡住上五、六年。札幌是偉大的鄉村，美麗的樹林的都市。洋槐樹的林子裡秋風起來了。」啄木到札幌後，在北門新報社當校對，寄住在北七條的田中家裡，歌中所說是田中的女兒們。

060 這首歌也是紀念桔智惠子的，她的故鄉在北海道的石狩。

✤

還有看相的人，

像哭著似的搖著頭說：

「伸出手來給我看看。」[061]

✤

借到少許的錢走去了的

我的友人的

後影的肩上的雪。

✤

不會處世，

我不是私下裡

以此為榮麼？

✤

曾經有人對我說過：

「你那精瘦的身子

全是反叛精神的凝結。」[062]

061　啄木到小樽後，入小樽日報社，寄居住花園町的一家煎餅店裡，隔壁住著一個看相的人，大門口掛著「姓名判斷」的招牌。

062　這首詩及以下六首詩，都是講小樽日報社的糾紛的。小樽日報社的主筆是岩泉江東，啄木和野口雨情很不滿意岩泉，打算去掉他。報社的總務主任小林寅吉因而憎恨啄木，毆打了他。啄木憤而辭職。

✽

那年的那個新聞上

我曾寫過

初雪的記事。

✽

拿椅子要打我，

擺出架勢的那個友人的酒醉，

現在也已醒了吧。

✽

如今想來，

輸的是我，

引起爭吵的也是我。

✽

他說：「我打你！」

我說：「打吧！」就湊上前去，

從前的我也很可愛啊。

✽

他在告別辭裡說：

「你曾經三次，

把劍比在我的喉嚨上。」

✲

爭吵了一場，

痛恨而別的友人，

我覺得他可懷戀的日子也到來了。

✲

唉唉，那個眉目秀麗的少年[063]啊，

我叫他作兄弟，

他微微的笑了。

✲

有個友人叫我的妻子替他縫衣服，

冬天來得早的

移民地啊。

✲

用了手掌，

拭那風雪所溼的臉，

友人[064]是以共產為主義的。

---

063 啄木在小樽時，愛好文學的青年們時常和他往來。這裡的少年是指高田治作，高田後成為企業家。

064 指西川光二郎（1876 － 1940）。西川是日本早期的社會主義者，但在 1914 年轉向。1908 年社會主義者在小樽壽亭舉辦講演會，西川是演講者當中的一個。啄木也去聽了。

✽

飲酒的時候，鬼似的鐵青的

那張大臉啊，

那悲哀的臉啊。

✽

要到樺太去，

創立新的宗教，

友人這麼說了。

✽

太平無事，

所以厭倦了，

這時期真可悲哀呀。

✽

共同開藥鋪，

預備賺錢的友人，

後來說是騙了人。

✽

蒼白的頰上流著眼淚

談到自己的死的

年輕的商人[065]。

065　指藤田武治，他也是小樽的愛好文學的青年。

✽

背著孩子，

在風雪交加的車站

送我走的妻子的眉毛啊。

✽

臨別的時候，

我和當初當作敵人憎恨過的友人[066]，

握了半天手。

✽

從出發的列車窗口，

我首先伸進了頭，

為的是不肯服輸。

✽

下著雨雪，

在石狩原野的火車裡

讀著屠格涅夫的小說[067]。

✽

想著自己走後一定會有謠言，

這樣旅行真是可悲啊，

有如去就死一般。

---

066 指小林寅吉。

067 屠格涅夫的小說當時已陸續翻譯出來。啄木喜歡看他的長篇小說《前夜》。

✽

離別了，偶然一眼，
無緣無故的，
覺得冰冷的東西沿著面頰流下來了。

✽

想起忘記帶來的菸草，
雪野裡的火車不管怎麼走，
離山還遠著呢。

✽

在雪上流動的淡紅色的
落日的影子，
照在曠野的火車的窗上。

✽

忍受著些須的腹痛，
在長途的火車裡
吸著菸草。

✽

同車的砲兵軍官的
佩劍的鞘子嘎喳一響，
把思路打斷了。

✽

只知道名字，沒有什麼因緣的

這個地方的客店很是便宜，

像自己的家一樣。

✽

同伴的那個國會議員的

張著口，青白的睡臉，

看去很是可悲啊。

✽

心想今夜就盡量的哭吧，

住了下來的旅店裡，

茶是微溫的。

✽

水蒸氣

在火車窗上結成了像花一樣的冰，

曉光把它染上了顏色。

✽

寒風轟然吼叫著刮過之後，

乾燥的雪片飛舞起來，

包圍了樹林。

✽

空知川[068]埋在雪裡，

鳥也不見，

岸邊的樹林裡只有一個人。

✽

以寂寞為敵為友，

也有人在雪地裡，

度過了漫長的一生。

✽

坐了火車很疲倦了，

還是斷斷續續的想，

這也是我的可愛的地方吧。

✽

像唱歌似的叫那站名的，

年輕的站務員的

柔和的眼光還不能忘記。

✽

雪的中間，

處處現出屋頂，

煙囱的煙淡淡的浮在半空。

---

068 在北海道，是石狩川的一個支流。

✿

從遠的地方
汽笛長長的響著，
火車就要進入森林了。

✿

並不想念什麼事情，
整整一天，
專心聽那火車的聲響。

✿

在最末的一站下來，
趁著雪光，
步入冷靜的市鎮。

✿

皎皎的冰發著光，
鷸鳥叫了，
釧路的海上冬天的月亮。

✿

在燈光底下，
把凍了的墨水瓶用火烘著，
眼淚流下來了。

✾

只有面貌和聲音，
還和從前一樣的友人，
我在這國的邊境[069]上也會見了他。

✾

唉唉，在這國的邊境，
我喝著酒，
像啜了悲哀的渣滓似的。

✾

飲酒時悲哀就一下子湧上來，
睡覺沒做夢，
心裡也覺得愉快。

✾

突然的女人的笑聲
直沁到身子裡去，
廚房的酒也凍了的半夜裡。

✾

有痛心於我的醉酒
不肯唱歌的女人，
如今怎麼樣了？

---

069 指釧路，在北海道東邊。

✽

叫做小奴的女人的

柔軟的耳朵什麼的

也難以忘懷[070]。

✽

緊挨在一起，

站在深夜的雪裡，

那女人的右手的溫暖啊。

✽

我說：「妳不願意死麼？」

那個女人說：「看這個吧。」

把喉間的傷痕給我看[071]。

✽

本事和長相

都比她要好的女人，

對她說我的壞話。

070 從這首歌起以下共十三首歌，都是詠釧路的藝妓小奴的。小奴原名近江謀，由於喜歡文學，和啄木接近。

071 據小奴說，她喉嚨上的傷痕是淋巴腺開刀的疤痕，這是她向啄木開玩笑說的話。

✽

有人說舞蹈吧，就站起來舞了，
直到因為喝了劣酒
自然的醉倒。

✽

等我醉得幾乎死了，
對我說種種
悲哀的事情的人。

✽

人家問怎麼樣了，
我在蒼白的酒醉初醒的
臉上裝出了笑容。

✽

可悲哀的是
她那白玉似的手臂上
接吻的痕跡。

✽

我醉了低著頭時，
想要水喝睜開眼來時，
都是叫的這個名字。

✽

像慕著火光的蟲一樣，

慣於走進那

燈火明亮的家裡。

✽

在寒冷中把地板踏得嘎吱嘎吱響，

沿著廊子回來的時候，

不意中的接吻。

✽

枕著那膝頭，

可是我心裡所想的

都是自己的事情。

✽

嘩啦嘩啦的冰的碎塊

乘著波浪作響，

我在海岸的月夜裡往還。

✽

最近聽說情敵

已經死去，

那是個聰明過分的男子。

✽

十年前所作的漢詩，
醉了時就唱著，
在旅行中老了的友人。

✽

很想吸那寒冷的空氣，
每一呼吸
鼻子就全凍了似的。

✽

波浪也沒有，
在二月的海灣上，
低浮著塗作白色的外國船隻。

✽

三弦的弦斷了，
孩子就像失火似的喧鬧，
大雪的夜裡。

✽

雪天的黎明，
阿寒山[072]像神似的
遠遠的顯現出來。

072　阿寒山有雄阿寒、雌阿寒兩山，夾阿寒湖對立。

✽

說是在家鄉

曾經投過河的女人

昨天晚上彈著三絃歌唱。

✽

蒲桃色的

舊手冊裡存留著的

是那回幽會的時間與地點吧。

✽

有些回憶

像穿髒的襪子似的

有很不爽快的感覺。

✽

有個女人在我房間裡哭了，

有一天回憶起來，

以為是小說裡的事。

✽

浪淘沙，

我的旅行就像是

顫悠悠的拉長聲音唱歌似的[073]。

---

073 這首歌題作〈北海回顧〉，登在 1908 年十二月號的《心之花》雜誌上。〈浪淘沙〉詞，共有六首，其中第一首是：「白浪茫茫與海連，平沙浩浩四無邊。暮去朝來淘不住，遂令東海變桑田。」

二

✽

這是什麼時候了，
夢中忽然聽見覺得高興，
唉唉，那個聲音好久沒有聽到了。

✽

身為兩頰冰冷的
流離的旅人，
我只說了那麼幾句問路般的話。

✽

沒有什麼事似的說的話，
你也沒有什麼事似的聽了吧，
就只是這點事情。

✽

冰冷清潔的大理石上邊，
靜靜的照著春天的太陽，
有著這樣的感覺。

✽

像專吸收世間的光明似的
黑色的瞳人兒，
至今還在眼前。

✽

在那時候來不及說的

重要的話至今還

留在我的胸中。

✽

像雪白的洋燈罩的

瑕疵一樣，

流離的記憶總難消滅。

✽

離去函館的火燒場的夜晚，

心裡的遺憾

至今還遺留著。

✽

人家說的

鬢髮散垂的可愛，

願在寫什麼時的你身上看到。

✽

到了馬鈴薯

開花的時候了，

你也愛好那個花吧。

✽

像山裡的孩子們
想念山的樣子，
悲哀的時候想起你來了。

✽

忘記了的時候，
忽然的會有引起回憶的事情，
終於是忘記不了。

✽

聽說是病了，
也聽說好了，
隔著四百里[074]路，我是茫然了。

✽

街上見到像你的身姿的時候，
心就跳躍了，
你覺得可悲吧。

✽

那個聲音再給我聽一遍，
胸中就完全明朗了吧，
今晨也這麼想。

---

074 日本的一里約等於 3.927 公里。

✽

匆忙的生活當中，

時時這樣的沉思啊，

這都是為了誰的緣故。

✽

願有知心的友人，

親密的罄吐一切，

那麼你的事情也可以談了吧。

✽

在死以前願得再會一回，

若是這樣說了，

你也會微微點首的吧。

✽

有時候

想起你來，

平安的心忽然的亂了，可悲啊。

✽

離別以來年歲加多了，

對於你的思慕之情

卻是一年年的增長了。

✽

石狩市郊外的
你家裡的
蘋果花已經落了吧。

✽

很長的書信，
三年之內來了三次，
我大概去過四次信吧。

脫手套的時候

✽

脫手套的手忽然停住了[075]，

不知怎的，

回憶掠過了心頭。

✽

不知道在什麼時候，

學會了裝假，

鬍鬚也是在那時候留的吧。

✽

在早晨的澡堂裡，

後頸枕在澡盆的邊上，

緩緩呼吸著，想著事情。

✽

夏天來了，

咳嗽藥沁進有病的牙齒，

這早晨多歡喜呀！

075 這卷是雜詠，用第一首的首句作題目，大約是在 1910 年秋間作的。

✿

細細的看著我的手，
回想起來了，
那個很會接吻的女人。

✿

寂寞的是
因為眼睛對顏色不熟悉，
就叫人買紅色的花。

✿

買新書來讀的夜半，
這個快樂也是
長久的不能忘記。

✿

旅行了七天
回來了的時候，
我的窗口的紅墨水的痕跡也可親啊。

✿

舊紙堆裡發見的
汙染了的
吸墨紙也覺得可親。

✽

積在手裡的雪的融化，

很是愉快的

沁進了我的睡足了的心。

✽

黯淡下去的紙門的日影，

看著這個，

心裡也不知不覺的陰暗起來了。

✽

夜間飄著

藥的香氣，

是醫生住過的人家。

✽

窗戶玻璃，

因為塵土和雨水而昏暗了的窗戶玻璃，

也有著它的悲哀。

✽

六年左右每天每天戴著的

舊帽子呀，

還是棄捨不得。

✽

很愉快的

貪著春眠的眼睛，

看去很柔軟的庭院的草啊。

✽

遠遠連接的紅磚的高牆

顯出紫色，

春天的日腳長了。

✽

春天的雪

在銀座後街的三層磚房上

柔軟的落下[076]。

✽

在骯髒的磚牆上，

落下了融化，落下了融化的

春天的雪呀。

✽

眼睛有病的

年輕女人倚靠著的

窗戶，春雨冷清清的打在上面。

---

076 這首歌是啄木在東京朝日新聞社當校對時作的。啄木在 1909 年 2 月入朝日新聞社，社址在銀座西邊的後街瀧川町。

✻

隨處漂浮著
新的木材的香氣的
新開路的春天的寂靜。

✻

春天的街道，
看著寫得很清楚的女人名字的
門牌，走了過去。

✻

不知道什麼地方，
有燒著桔子皮似的氣味，
天色已近黃昏了。

✻

很熱鬧的年輕女人的集會的
聲音已經聽厭，
覺得寂寞起來了。

✻

在什麼地方，
有死了年輕女人般的煩惱的感覺，
春天的雨雪落下了。

✿

白蘭地醉後的
那種柔和的
悲哀漫然的來了[077]。

✿

把白盤子
揩好了落在擱板上的
酒館角落裡的悲哀的女人。

✿

乾燥的冬天的大路上，
不知在什麼地方
潛藏著石炭酸的氣味。

✿

紅紅的映著落日，
在河邊的酒館窗口的
雪白的臉龐啊。

✿

新鮮的拌生菜碟子上的
醋的香氣沁進了心裡，
那悲哀的黃昏。

---

077 從這首到以下五首歌是詠酒場的。1909 年 3 月啄木和北原白秋（詩人）、太田正雄（筆名木下杢太郎，詩人、戲劇家）相識，常常在一起喝酒。

✲

從淡藍色的瓶裡
倒出山羊乳的手的顫抖，
覺得挺可愛的。

✲

穿衣鏡裡的
為氣息所遮住的
酒醉時昏暗的眼珠的悲哀啊。

✲

一時安靜下來的
傍晚的廚房裡，
剩下的火腿的香味啊。

✲

在冷清清的排列著瓶子的擱板前面，
剔著牙齒的女人，
看去是很悲哀的。

✲

交換了很長的接吻後分別了，
深夜的街上
遠遠的失了火。

✽

病院的窗口在傍晚
有微白的面龐出現，
我依稀記得那個臉。

✽

記不得是什麼時候
在大河的遊船上跳舞的女人，
也回憶起來了。

✽

沒有事情的信冗長的寫了一半，
忽然覺得冷靜了，
走到街上去。

✽

吸著潮溼的捲煙，
我所想的事情
大概也都微微的潮溼了。

✽

很敏銳的
感著夏天的到來，
嗅著雨後小院的泥土的香味。

✽

在裝飾得很涼快的

玻璃店前面

眺望的夏夜的月亮。

✽

說是你要來，很快的起來了，

這一天直惦記著

白襯衫的袖子髒了。

✽

心神不定的我的弟弟[078]

這些日子的

眼光的昏沉也是很可悲啊。

✽

什麼地方有打樁的聲音，

有滾著大桶的聲音，

雪下起來了。

✽

夜裡沒有人的辦公室裡，

電話鈴駭人的響了

隨後又停了。

---

078 啄木沒有弟兄，這裡是指齋藤佐藏。啄木在澀民小學領導學生罷課時，齋藤在盛岡中學讀書，啄木把他當作弟弟一樣愛護。

✽

醒了過來，
過了一會兒進到耳朵來的
半夜以後的說話聲音。

✽

看著看著錶就停了，
好像被吸住了的樣子，
心也寂寞起來了。

✽

每天早晨
覺得咳嗽藥水的瓶子冰涼了，
已經是秋天了。

✽

在麥苗青青的斜坡的
山腳下的小路上
拾得了紅的小梳子。

✽

斑駁的日影進入了
後山的杉樹林，
秋天的午後。

✽

海港的街市，

把呼嚕嚕鳴叫著兜圈子的�鷹

也給壓低了的潮霧啊。

✽

看著小春日光在毛玻璃上

映出的鳥影，

漫然的有所思了。

✽

高高低低的屋簷

好像並排游泳著的樣子，

冬天的陽光在上面舞蹈。

✽

京橋的瀧山町的

新聞社，

點燈的時候好忙呀。

✽

從前很容易生氣的我的父親[079]

近日不生氣了，

但願他還是生氣吧。

---

079 1909年啄木在東京本鄉弓町定居，6月裡把母親和妻子接來，12月裡他父親也來和他同住。

✼

早晨的風吹進電車來的
柳樹的一片葉子
拿在手裡看著。

✼

覺得傷心，難以忍受的一天，
無緣無故的想看看海，
來到了海邊。

✼

平坦的海看厭了，
轉過身去，
把眼睛看花了的紅帶子啊。

✼

今天遇見的街市的女人，
一個個都像是
失了戀回去的樣子。

✼

坐火車旅行，
野地裡的某個停車場的
夏天的草香覺得很可懷念。

✽

清早起來，

好容易趕上的初秋旅行的火車的

堅硬的麵包啊。

✽

在那回旅行的夜車的窗口，

想到了

我的前途的悲哀。

✽

忽然看時，

某個樹林的車站的鐘停住了，

雨夜的火車。

✽

離別了來了，

燈火黯淡的夜裡靠著火車窗，

擺弄那綠色的小蘋果。

✽

時常來的

這家酒店的悲哀呀，

夕陽紅紅的射到酒裡。

✽

像白蓮開在沼澤裡一樣，
悲哀在醉酒的中間
清楚的浮了出來。

✽

隔著板壁，
聽著年輕女人的哭聲，
旅中客棧的秋天的蚊帳啊。

✽

取出去年的裌衣來，
很可懷念的香味沁進身子裡去，
初秋的早晨。

✽

心裡著急的左膝的疼痛，
什麼時候就好了，
秋風吹了起來。

✽

賣來賣去的
只剩下了翻得很髒的德文字典，
夏天到了末尾了。

✾

沒有緣故的憎惡著的友人
什麼時候變得要好了，
秋天漸漸的深了。

✾

紅紙書面汙損了的
國家禁止的書[080]，
從箱底裡找出來的這一天。

✾

禁止售賣的
書的作者，
秋天早晨在路上相遇了。

✾

從今天起，
從我也打算呷酒的這一天起，
秋風吹了起來。

✾

大海的角落裡
排列著的各個島上
秋風吹了起來。

---

080 指啄木搜集的無政府主義者的著作，這種書被當時的日本反動政府所禁止。

✽

友人的妻子啊，只有她那溼潤的眼睛，
和眼睛底下的黑痣，
老是引人注意。

✽

什麼時候看見
都在滾著毛線球，
編著襪子的女人。

✽

蒲桃色的長椅子上面，
睡著的貓白糊糊的，
秋天的黃昏。

✽

細細的
這裡那裡有蟲叫著，
白天走到原野上來讀信札。

✽

夜間很晚開門來看，
白色的東西在院子裡跑，
大概是狗吧。

✼

夜裡二時的窗戶玻璃，

染著淡紅色，

沒有聲音的火災的顏色。

✼

悲哀的戀愛呀，

獨自嘟囔著，

在夜半的火盆裡添上了炭。

✼

將手按在

雪白的燈罩上，

寒夜裡的沉思。

✼

與水一樣

浸著身子的悲哀，

有蔥香混雜著的晚上。

✼

有時候發笑了

裝作貓什麼的叫聲，

三十左右的友人的獨居。

✽

像怯弱的斥候似的，

心裡驚惶著

在深夜的街道上獨自散步。

✽

皮膚上全是耳朵似的，

在悄悄睡著的街上的

沉重的靴聲。

✽

夜間很晚的走進車站，

站一會兒又坐下，

隨即走出去了的沒有帽子的男人。

✽

注意來看時，

潮溼的夜霧降下來了，

長久的在街上徬徨著呀。

✽

假如有時請給點菸草吧，

走近前來的流浪的人，

我和他在深夜裡談話。

✽

像是從曠野裡回來的樣子，

回來了的時候

獨自在東京的夜裡行走著。

✽

銀行的窗戶底下，

鋪石的霜上灑著

藍墨水的痕跡。

✽

雪天的原野路上，

看著畫眉鳥

在樹叢裡跳躍著遊戲。

✽

十月早晨的空氣，

有個嬰孩

初次知道了呼吸[081]。

✽

十月的產科醫院，

在潮溼的長廊上

往復的行走呀。

081 啄木在1910年10月4日得一男孩，取名叫真一。

✽

有個垂下紫色的袖子，
看著天空的中國人，
公園的午後。

✽

來到公園裡獨自散步，
覺得像是觸到了
嬰兒的肌膚。

✽

好久沒來的公園裡，
遇見了友人[082]，
緊握著手，快嘴的說話。

✽

公園的樹木中間
小鳥遊戲著，
看著牠，暫時休息吧。

✽

晴天來到公園裡，
一面走著，
知道自己近來衰弱了。

---

082 指北原白秋。

✽

篠懸木的葉子落下來觸著了我，

以為是記憶裡的那個接吻，

吃了一驚。

✽

在公園角落裡的長板凳上，

見過兩次的男子，

近來看不見了。

✽

公園的悲哀啊，

自從妳出嫁以來，

已經有七個月沒有來了。

✽

公園的一個樹蔭底下的

空椅子，將身子靠在上面

心裡老是想不通。

✽

不能忘記的臉啊，

今天在街上

為捕吏[083]牽走的帶著笑的男子。

---

083 指警察。

✽

擦了火柴，
從二尺來寬的光裡
橫飛過去的白色的蛾。

✽

閉了眼睛
輕輕的試吹著口哨，
靠著不眠之夜的窗口。

✽

我的友人啊，
今天也背著沒有母親的孩子
在那城址徬徨吧。

✽

夜深了，
從辦公的地方回來，
抱著剛才死了的孩子[084]。

✽

臨死的時候
說是微微的叫了兩三聲，
勾出我的眼淚來了。

084 真一是在10月27日死的，從這一首到以下七首都是為了追憶真一的死而作的。

✽

雪白的蘿蔔的根肥大的時候，

肥胖的生了下來，

不久就死去的孩兒。

✽

晚秋的空氣

差不多只吸了三平方尺

就此去了的我的兒子。

✽

一心注視著

在死兒胸前刺進注射針的

醫生的手。

✽

好像對著沒有底的謎似的，

又把手放在

死兒的額上。

✽

比悲哀還要強的

寂寞之感啊，

雖然我的孩兒的身體冷下去了……

悲哀的是
到天明時還餘留著的
呼吸已絕的孩兒的肌膚的溫暖。

可悲的玩具（一握砂　以後）

這個歌集原名《〈一握砂〉以後》，下面注著：「自四十三年（1910 年）11 月末起。」1912 年春天啄木貧病交迫，4 月初由友人土岐哀果經手，將歌集交東雲堂書店出版。書名因為容易和《一握砂》相混，土岐把它改為《可悲的玩具》，是從啄木的〈歌的種種〉這篇論文裡引的。原句是：

「……我的生活總是現在的家族制度，階級制度，資本主義制度，知識買賣制度的犧牲。」

「我轉過眼睛來，看見像死人似的被拋在席上的一個木偶，歌也是我的可悲的玩具罷了。」

根據岩波書店版《啄木全集》第一卷譯出。

✻

呼吸的時候
胸中有一種聲響，
比冬天的風還荒涼的聲響！

✻

雖是閉了眼睛，
心裡卻什麼都不想。
太寂寞了，還是睜開眼睛吧。

✻

半路裡忽然變了主意，
今天也不去辦公，
在河岸徬徨了。

✻

嗓子乾了，
去尋找還開著門的水果店
在秋天的深夜裡。

✻

耍的小孩[085]不回來；
把玩具的火車頭
拿了出來試走著看。

085　啄木的長女京子生於1906年12月30日，這裡就是指她。

✽

說想買書，想買書，

雖然沒有暗地諷刺的意思，

試向著妻子說了。

✽

想去旅行的丈夫的心！

數說，哭泣的妻子的心！

早晨的飯桌！

✽

走出家門大約五町[086]的樣子，

像是有事情的人那麼的

走走看——

✽

按著疼痛的牙齒，

看太陽紅紅的

在冬天的朝霧中升起。

✽

好像是要永久走著的樣子，

思想湧上來了，

深夜裡的街道。

086 一町約109公尺。

✽

可懷念的冬天的早晨啊，
喝著開水，
熱氣很柔和的罩上臉來。

✽

不知怎麼的
今晨我的心似乎稍微快活一點，
來剪指甲吧。

✽

茫然的
注視著書裡的插畫，
把菸草的煙噴上去看。

✽

中途沒有換乘的電車了，
差不多想要哭了，
雨又在落著。

✽

每隔兩夜，
在夜裡一點鐘走上坡路[087]，
這也是為了辦公去啊。

---

087 原文作「切通之阪」，意思是切開山坡修成的路，此處指本鄉和上野間的坡路。啄木到朝日新聞社的時候乘電車往還，但值夜班時因時間太晚，沒有電車了。

✽

似乎沉沉的

浸在酒的香氣裡，

腦子裡感到沉重就回來了。

✽

今天又有酒喝了！

明知喝了酒，

會要噁心。

✽

我現在喃喃的說著什麼，

這樣的想著，

閉了眼睛賞玩著醉中的趣味。

✽

爽然的醉醒了的愉快啊，

夜裡起來了，

來磨墨吧。

✽

半夜裡來到凸出的窗口，

在欄杆的霜上

冰一冰我的手指尖。

✽

無論怎樣都隨便吧，
我近來彷彿這樣說，
獨自感到恐怖了。

✽

手腳似乎都分散了似的
慵懶的睡醒！
悲哀的睡醒！

✽

攤開了家鄉的不漂亮的報紙，
試撿出錯排的字，
今晨的悲哀啊。

✽

有誰肯把我
盡量的申斥一頓呢，
這樣想是什麼心情啊。

✽

每朝每朝
摩挲著腿感著悲哀，
壓在下邊睡的腿稍微有點麻了。

✽

如同在曠野裡走的火車一樣，

這個煩惱啊，

時時在我的心裡穿過。

✽

來到了郊外，

不知怎的，

好像是給初戀的人上墳似的。

✽

像是回到了

可懷念的故鄉了，

坐了好久沒有坐的火車。

✽

我相信新的明天會到來，

自己的話

雖然是沒有虛假 ——

✽

仔細一想，

真是想要的東西似有而實無，

還是來擦煙管吧。

✽

看著很髒的手——
這正如對著近日的
自己的心一樣。

✽

洗著很髒的手時的
輕微的滿足
乃是今天所有的滿足了。

✽

今天忽然懷念山了，
來到了山裡，
且尋找去年坐過的石頭吧。

✽

起晚了，沒有看報的時間了，
像是欠了債的樣子，
今天也這樣的感到了。

✽

過了新年放鬆了的心情，
茫然的好像是
忘記了過去的一切。

✽

昨天以前從早到晚緊張著的

那種心情，

雖然想不要忘記。

✽

門外面有打板羽球的聲音，

有笑的聲音，

好像是回到去年的正月似的了。

✽

不知道為什麼，

今年好像有好事情。

元旦的早晨是晴天，也沒有風。

✽

從肚子底裡要打呵欠的模樣，

長長的試打呵欠來看，

在今年的元旦。

✽

每年總是

寫上差不多相像的兩三首歌

寄賀年信來的友人。

✽

到了正月四日，
那個人的
一年一回的明信片也寄到了。

✽

老是想世上行不通的事情的
我的頭腦啊，
今年也是這樣麼？

✽

人家都是
朝著相同的方向走去。
站在一旁來看這個的心情啊。

✽

這個已經看厭了的匾額，
讓它那麼掛著
掛到什麼時候為止呢？

✽

就像那蠟燭
一點點的燃完的樣子，
到了夜裡的大年夜呀。

✤

靠著青色的陶製火盆，

閉了眼睛，又張開眼睛，

在珍惜著時光。

✤

漫然覺得明天會有好事情的想法，

自己申斥了，

隨即睡覺了。

✤

也許過去一年的疲勞都出來了吧，

說是元旦了，

卻總是迷濛的睡。

✤

不知怎的

那由來很可悲的

元旦午後的渴睡的心情。

✤

一心凝視著

桔皮的汁所染的指甲

心裡多無聊。

✽

拍著手掌
等那睡眼朦朧的回答似的
那種著急的心情！

✽

把不得已的事情忘記了來了——
這是因為中途上
吃了一粒丸藥的關係。

✽

連頭帶臉的蒙上被子，
蜷縮著兩腳，
伸出舌頭來，並不是對著什麼人。

✽

不知不覺的正月已經過去，
我又照老樣子
過起生活來了。

✽

與神靈議論得哭了——
那個夢啊，
四天前的早晨的事[088]。

---

088 啄木在1911年3月2日寫給宮崎郁雨的信中引用了這首歌，並且說，他曾夢見和神議論，反覆對神說：「我所要求的是合理的生活。……」

✽

把回家去的時間，

當作惟一等候著的事情，

今天也是這樣的工作了。

✽

種種的人的意見，

難以臆測，

今天也是溫順的過去了。

✽

我要是這個報紙的主筆的話，

想要做的事，

有多少啊！

✽

這是石狩的空知郡的

牧場的新嫁娘

寄來的奶油啊[089]。

089 這首歌是詠桔智惠子的，登在 1911 年二月號的《創作》雜誌上。啄木在同年 1 月 9 日給瀨川深的信中說，桔智惠子在頭年 5 月結婚了，婚後曾寄來了當地所產的奶油給他。

✽

下巴頦埋藏在外套的領子裡，
夜深時站下來聽著，
很相像的聲音呀！

✽

Y 字的符號
舊日記裡處處見到 ——
Y 字可能就是那人的事吧。

✽

說是許多農民都戒酒了，
再窮下去，
將戒掉什麼呢？

✽

睡醒時那一剎那的心啊，
老人出奔的記事
想起來就落淚了[090]。

✽

我的性格
不適於與人家共事，
睡醒時這樣的想。

090　1911 年 9 月啄木的父親第二次出走，到北海道室蘭去，原因是家中貧困，常鬧糾紛。

✽

不知怎的，

覺得和我的想法一樣的人，

似乎意外的多。

✽

對著比自己年輕的人，

吐了半天的氣焰，

自己的心也乏了！

✽

這是少有的事，

今天罵著議會，流出了眼淚，

覺得這是很可喜的。

✽

想叫它一夜裡開花來看，

用火烤那梅花的盆，

卻是沒有開呀。

✽

不小心打破了一只飯碗，

破壞東西的愉快，

今晨又感到了。

✽

試拉著貓的耳朵，
喵的叫了，
聽著驚喜的孩子的臉啊。

✽

為什麼會這樣的軟弱，
屢次申斥著怯懦的心，
出門借錢去。

✽

無論怎麼等著等著，
應來的人總沒有來的這一天，
把書桌搬來放在這裡。

✽

舊報紙！
哎呀，這裡寫著稱賞我的歌的話，
雖然只是兩三行。

✽

搬家的早晨落在腳邊的
女人的照片
忘記了的照片！

✽

那時候並沒注意到，

假名[091]寫錯的真多呀，

從前的情書！

✽

八年以前的

現在的我的妻的成捆的信札，

收在什麼地方了呢，有點掛懷了。

✽

失眠的習慣的悲哀呀，

有一點兒渴睡

就倉皇的去睡覺。

✽

要笑也不能笑了——

找了半天的刀子

原來是在手裡。

✽

這四五年來

仰看天空的事一回都不曾有過。

這樣的事也會有的麼？

---

091 注在漢字旁邊的日本字，有平假名和片假名兩種。

✽

不用原稿紙，
字是寫不成的，
這樣堅信的我的孩子的天真啊。

✽

好容易這個月也平安的過去了，
此外也沒有貪圖，
大年夜的晚上呀。

✽

那時候常常的說謊，
坦然的常常的說謊，
想起來汗都出來了。

✽

舊信札呀，
五年前，與那個男子
曾那樣親近的交往過呀！

✽

名字叫什麼呀，
姓是鈴木，
現今在哪裡做什麼事呢？

✽

看著那寫著「生產了」的明信片，

暫時間

現出爽快的臉色來了。

✽

「看哪，

那個人也生了孩子了。」

彷彿安心了似的睡下了。

✽

「石川是個可憐的傢伙。」

有時候自己這樣的說了，

獨自悲傷著。

✽

推開房門邁出一隻腳去，

在病人的眼裡

是無窮盡的長廊子啊[092]。

✽

彷彿感到

放下了重荷的樣子，

來到這病床上睡下了。

---

092 從這首到以下九首歌，共十首；原題〈病院之窗〉，發表在《文章世界》雜誌 1911 年三月號上。當年 2 月 4 日啄木因患慢性腹膜炎入醫院，3 月 15 日才出院，這些歌是在醫院裡作的。

✽

「那麼性命不想要了麼？」
被醫生說了，
這才沉默了的心啊。

✽

半夜裡忽然醒過來，
沒有理由的想要哭了，
蒙上了棉被。

✽

向他說話沒有回答，
仔細看時卻在哭著呢，
那鄰床的病人。

✽

靠著病房的窗戶，
看見了好久沒見到的警察，
覺得很高興呀。

✽

晴天的悲哀的一種，
靠著病房的窗戶，
玩味著菸草。

✽

夜裡很遲了，有個病房裡那麼喧擾，
是什麼人將死了吧，
我屏住了氣息。

✽

來把脈的護士的手，
有很溫暖的日子，
也有冰冷而且硬的日子。

✽

進醫院來的頭一夜，
就立即睡著了，
覺得心裡不滿意。

✽

不知怎的覺得
自己彷彿是個偉大的人呢，
真是孩子氣。

✽

撫摩著鼓脹的肚皮，
在醫院的床上
獨自感到悲哀。

✽

醒過來時身體疼痛，

一動不能動，

幾乎想哭了，等待著天明[093]。

✽

溼淋淋的出了盜汗，

天快亮的時候

還未清醒的沉重的悲哀。

✽

模糊的悲哀的感覺

每到夜裡

就偷偷的來到這病床上。

✽

憑了醫院的窗戶，

望著形形色色的人們

精神抖擻的走著。

✽

「已經看穿了你的心了！」

夢裡母親來了說，

哭著又走去了。

093　從這首到以下十四首歌，共十五首，原題〈在寢臺上〉，發表在《創作》雜誌1911 年三月號上，也是在醫院裡作的。

✽

像是所想的事情被偷聽去了似的，

突然的把胸脯退開了——

從聽診器那裡。

✽

心裡悄悄的願望

自己的病變得重到

讓護士徹夜的忙。

✽

到了醫院裡，

我又恢復了本來的樣子，

憐愛起妻和孩子來了。

✽

今天早晨剛想著——

不要再說謊了——

但是現在又說了一個謊。

✽

不知怎的

總覺得自己是虛偽的硬塊似的，

將眼睛閉上了。

✽

將今天以前的事情
都當作虛偽去看了，
然而心裡一點也得不到安慰。

✽

說要去當軍人，
叫父母很苦惱的
當年的我啊。

✽

恍恍惚惚的，
胸中描畫出來
提著劍，騎著馬的自己的姿態。

✽

姓藤澤的國會議員，
我把他看作兄弟一樣，
曾經為他哭過呢。

✽

常常這樣的願望：
犯下一件什麼很大的壞事，
卻裝出若無其事的樣子。

✲

「請靜靜的睡著吧。」

有一天醫生這麼說，

像是對小孩說話似的[094]。

✲

從冰袋底下，

眼睛裡發著光，

睡不著的夜裡憎恨著人。

✲

春雪紛飛，

用發熱的眼睛，

悲哀的眺望著。

✲

人間最大的悲哀

就是這個麼？

忽然將眼睛閉上了。

✲

查病房的醫生多遲慢啊

把手放在疼痛著的胸上，

緊閉著雙眼。

---

094 從這首到以下六首歌，以及「半夜裡睡醒覺得棉被沉重時」至「覺得身體疼痛」，原題〈病中十首〉，發表在《精神修養》雜誌 1911 年四月號上。

✻

定睛看著醫生的臉色，
別的什麼也不去看 ——
胸前疼痛加劇的一天。

✻

生了病心也會弱了吧！
各式各樣的
要哭的事情都聚到心中來了。

✻

躺著讀的書本的重量，
拿得疲勞了，
把手休息一下，獨自沉思著。

✻

今天不知為了什麼，
兩回三回
總想要一個金殼子的錶。

✻

什麼時候一定想要出的書的事情，

封面的事情，

說給妻子聽了[095]。

✻

胸前疼痛了，

春天的雨雪落下的一天。

喝藥噎住了，躺下了，閉著眼。

✻

新鮮的拌生菜的顏色

真可喜悅啊，

拿起筷子想嘗一嘗。

✻

斥責小孩，可哀啊這個心，

妻啊，不要以為

這只是發高燒時的脾氣啊。

---

095 這裡所說的想出的書，是指啄木本來想和土岐哀果共同編輯的雜誌《樹木和果實》。1911 年二月號的《昴星》上曾登出廣告說，這個雜誌是紅封面，黑色標題，辦雜誌的宗旨是反映社會現象和澎湃的人民生活的內部活動。這個雜誌本來打算在 3 月出版，因為啄木生了病，就沒有刊行。

✽

半夜裡睡醒覺得棉被沉重時，

幾乎這樣猜疑了：

命運壓在上面了吧。

✽

雖然覺得口渴得難受，

連伸出手去

拿蘋果也懶得動的一天。

✽

冰袋融化了，變得溫暖了，

自然而然的醒過來，

覺得身體疼痛。

✽

現在，夢中聽見布穀鳥叫了。

不能忘記布穀鳥，

也是可悲哀的事情[096]。

✽

離鄉五年了，

得了疾病，

夢裡聽到布穀鳥的叫聲。

---

096 從這首到以下二十一首歌，共二十二首，原題〈病後〉，發表在《新日本》雜誌 1911 年七月號上。

✤

布穀鳥啊！

圍繞著澀民村的山莊的樹林的

黎明真可懷念呀。

✤

來到故鄉的寺院旁邊的

扁柏樹的頂上

叫著的布穀鳥啊！

✤

把脈的手的顫抖

煞是可悲呀，

被醫生申斥了的年輕的護士。

✤

不知什麼時候就記住了 ——

叫做 F 的護士的手

是冰涼的。

✤

哪怕一回也罷，

想走到盡頭去看看，

那個醫院的長廊。

✽

起來試試，
又立即想睡下去時，
疲倦的眼睛所看見的鬱金香。

✽

連緊握的力氣都沒有了的
瘦了的我的手
真是可憐啊。

✽

想著我的疾病
那原因是深而且遠啊，
閉了眼睛想著。

✽

可悲的是
我有不願意生病的心：
這是什麼心啊。

✽

想要一個新的身體，
撫摩著
手術的傷痕。

✻

吃藥的事情也忘記了，

莫名其妙的

覺得是令人寬慰的長病啊。

✻

叫做波洛丁[097]的俄國人的名字，

不知怎的

有時候一天幾遍的回想起來。

✻

不知什麼時候走到我的旁邊，

握我的手

又不知什麼時候走去了的人們。

✻

友人和妻子也似乎覺得可悲吧——

生著病，

革命的話卻還是不絕於口。

✻

從前覺得有些距離的

恐怖主義者[098]的悲哀的心情——

有一天也覺得接近了。

---

097 波洛丁是俄國無政府主義者克魯泡特金（1842 － 1921）的化名。

098 原文是英語「terrorist」的譯音，指對統治者採用恐怖方式的人，此處指克魯泡特金。

✽

這樣的景況，

已經遇著過幾回了呀！

現在只想任憑它去算了。

✽

一個月只要有三十塊錢，

在鄉下就可以安樂的過日子——

忽然這樣的想。

✽

今天胸前又疼痛了。

心想要是死的話，

就到故鄉去死也罷。

✽

不知不覺已是夏天了。

用剛病好的眼睛看來覺得愉快的

雨後的光明。

✽

病了四個月——

那些時時變換的

藥的味道也覺得可懷念。

✽

病了四個月 ——

這其間很明顯的看出

我的孩子長高了，也可悲啊[099]。

✽

看著壯健的

越長越高的孩子，

我卻越來越寂寞了，是為什麼呢？

✽

叫孩子坐在枕頭旁邊，

眈眈的看著她的臉，

看得她逃走了。

✽

平常老把孩子

當作麻煩的東西，

不知不覺這個孩子已經五歲了。

✽

不要像父母，

也不要像父母的父母 ——

你的父親是這樣想呀，孩子！

---

099 從這首到以下九首歌，共十首，原題〈五歲的孩子〉，發表在《文章世界》雜誌 1911 年七月號上。

✽

可悲的是，

（我也是這樣的啊）

申斥也罷，打也罷，都不哭泣的孩子的心！

✽

「工人」「革命」這些話，

聽熟了記得的

五歲的孩子。

✽

放開嗓子

唱歌的孩子啊，

有時候也誇一誇她。

✽

不知想著什麼——

孩子放下了玩具，乖乖的

來到我的旁邊坐下了。

✽

討點心的時間[100]也忘記了，

孩子從樓上眺望

街上來往的行人。

100　日本習慣，小孩子在下午三點鐘吃一次點心。

✻

新的墨水的氣味，

沁到眼裡的悲哀啊，

不知不覺庭院已發綠了[101]。

✻

注視著蓆子的一處的剎那

所想的是什麼事，

妻啊，你叫我說出來麼？

✻

那年的春末的時候，

生了眼病所戴的黑眼鏡——

已經壞了吧。

✻

忘記了吃藥，

好久以來頭一次聽見

母親的申斥，覺得是可喜的事情。

✻

把枕邊的紙窗開了，

眺望天空也成了習慣——

因了長久的臥病。

---

101 從這首到以下十四首歌。共十五首，原題〈某日之歌〉，發表在《層雲》雜誌1911年七月號上。

✽

心情變得像
馴良的家畜一樣，
熱度較高的日子感到百無聊賴。

✽

想寫點什麼看看，
拿起鋼筆來了——
花瓶裡的花正是新鮮的早晨。

✽

這一天我的妻子的舉動
像是解放的女人[102]似的。
我凝視著西番蓮。

✽

有如等待著沒有指望的錢，
睡了又起來，
今天也是這樣過去了。

✽

什麼事情都覺得厭煩了，
這種心情啊。
想起來就吸菸吧。

102　同注15。

✻

這是在某市時的事情，

友人所說的

戀愛故事裡夾著假話的悲哀呀。

✻

好久沒有這樣了，

忽然出聲的笑了——

覺得蒼蠅搓著兩手很是可笑。

✻

胸前疼痛的日子的悲哀，

也像香氣很好的菸草一樣，

有點兒捨不得呀。

✻

想要引起一場騷擾來看看，

剛才這樣想的我，

也覺得有點可愛。

✻

不知為什麼，想給五歲的孩子

取個叫索尼亞[103]的俄國名字，

叫了覺得喜歡。

---

103 索尼亞是索菲亞的愛稱。此處指索菲亞·里沃芙娜·皮羅夫斯卡雅（1853－1881），俄國民粹派初期的女革命家。她積極參加了 1881 年 3 月 1 日謀刺亞歷山大二世的暗殺組織，4 月 3 日被處死刑。

✽

處身於難解的
不和當中，
今天又獨自悲哀的發怒了[104]。

✽

要是養了一隻貓，
那貓又將成為爭吵的種子——
我的悲哀的家。

✽

放我一個人到公寓裡去好不好，
今天又幾乎要
說出來了。

✽

有一天忽然忘了在生病，
試著學牛叫——
當妻子沒有在家的時候。

✽

悲哀的是我的父親！
今天又看厭了報紙，
在院子裡與螞蟻玩耍去了。

---

104 從這首到以下十六首歌，共十七首，原題〈養了一隻貓〉，發表在《詩歌》1911 年九月號上。

✽

我這個

獨生的男孩長成這個樣子，

父母也覺得很悲哀吧。

✽

連茶都戒了

祈禱我的病癒的

母親今天又為了什麼發怒了。

✽

今天忽然想和附近的孩子們玩耍，

叫了卻不肯來，

心裡覺得很彆扭。

✽

病了治不好，

也沒有死，

心情一天比一天壞下去的七月和八月。

✽

買來的藥

已經完了的早晨寄到的

友人[105]惠贈的匯票多可悲呀。

---

105 指宮崎郁雨。

✽

斥責孩子，

她哭著睡著了。

伸手摸一摸那稍微張著嘴的睡臉。

✽

無緣無故的，

起來時覺得肺似乎變小了，

快到秋天的一個早晨。

✽

秋天快到了！

手指的皮觸著了電燈泡，

暖暖和和的覺得很可親啊。

✽

在午睡的孩子的枕邊

買個洋娃娃來擺上，

獨自覺得高興。

✽

我說基督是人，

妹妹的眼睛裡帶著悲哀的樣子，

在可憐我了。

✽

叫人把枕頭擺在廊沿上，

好久沒有這樣了，

且來親近傍晚的天空吧。

✽

在院子外邊有白狗走過去了，

回過頭來和妻子商量著：

「我們也養一隻狗吧。」

叫子和口哨

啄木在 1911 年七月號的《創作》雜誌上發表了六首詩，原題〈無結果的議論之後〉。以後他又給每首詩加了一個題目，附上〈家〉和〈飛機〉兩首，加上一個總題為〈叫子和口哨〉。啄木死後，在遺稿中發現了〈無結果的議論之後〉還有沒發表的三首。從詩稿上標的次序來看，這三首是第一、八、九首，而原來發表的六首是第二到第七首。現作為補遺，附在後面。〈無結果的議論之後（八）〉提到了「叫子」，而《一握砂》說：

「夜裡睡著也吹口哨，

口哨乃是

十五歲的我的歌。」

從這兩首歌中可以看出為什麼啄木為這組詩取名為〈叫子和口哨〉。

根據岩波書店版《啄木全集》第三卷譯出。

無結果的議論之後

我們且讀書且議論，

我們的眼睛多麼明亮，

不亞於五十年前的俄國青年，

我們議論應該做什麼事，

但是沒有一個人握拳擊桌，

叫道：「到民間去！」[106]

我們知道我們追求的是什麼，

也知道群眾追求的是什麼，

而且知道我們應該做什麼事。

我們實在比五十年前的俄國青年知道得更多。

但是沒有一個人握拳擊桌，

叫道：「到民間去！」

聚集在此地的都是青年，

經常在世上創造出新事物的青年。

我們知道老人即將死去，勝利終究是我們的。

看啊，我們的眼睛多麼明亮，我們的議論多麼激烈！

106 此處用的是俄文原語「в народ」。這是民粹派提出來的口號。

但是沒有一個人握拳擊桌，
叫道：「到民間去！」

啊，蠟燭已經換了三遍，
飲料的杯裡浮著小飛蟲的死屍。
少女的熱心雖然沒有改變，
她的眼裡顯出無結果的議論之後的疲倦。
但是還沒有一個人握拳擊桌，
叫道：「到民間去！」

1911 年 6 月 15 日，東京

一勺可可

我知道了，恐怖主義者[107]的
悲哀的心——
言語與行為不易分離的
惟一的心，
想用行為來替代
被奪的言語來表示意思的心，
自己用自己的身體去投擲敵人的心——
但這又是真摯的熱心的人所常有的悲哀。

無結果的議論之後，
喝著一勺涼了的可可，
嘗了那微苦的味，
我知道了，恐怖主義者的
悲哀的，悲哀的心。

1911年6月15日，東京

107 此處指幸德秋水的一派。

書齋的午後

我不喜歡這國裡的女人。

讀了一半的外國來的書籍的
摸去粗糙的紙面上，
失手灑了的葡萄酒，
很不容易沁進去的悲哀呀！

我不喜歡這國裡的女人。

1911 年 6 月 15 日，東京

激論

我不能忘記那夜的激論，
關於新社會裡「權力」的處置，
我和朋友中的一個年輕的經濟學家 N 君，
無端的引起的一場激論，
那繼續五小時的激論。

「你所說的完全是煽動家的話！」
他終於這樣說了，
他的聲音幾乎像是咆哮。
倘若沒有桌子隔在中間，
恐怕他的手已經打在我的頭上。
我看見了他那淺黑的大臉上，
脹滿了男子的怒色。

五月的夜，已經是一點鐘了。
有人站起來打開了窗子的時候，
N 和我中間的燭火晃了幾晃。
病後的，但是愉快而微熱的我的頰上，
感到帶雨的夜風的涼爽。

但是我也不能忘記那夜晚
在我們會上惟一的婦女
K 君的柔美的手上的戒指。
她去掠上那垂髮的時候，
或是剪去燭心的時候，
它在我的眼前閃爍了幾回。
這實在是 N 所贈的訂婚的戒指。
但是在那夜我們議論的時候，
她一開始就站在我這一邊。

1911 年 6 月 16 日，東京

墓誌銘

我平常很尊敬他，
但是現在更尊敬他——
雖然在那郊外墓地的栗樹下，
埋葬了他，已經過了兩個月了。

實在，在我們聚會的席上不見了他，
已經過了兩個月了。
他不是議論家，
但是他是不可缺的一個人。

有一個時候，他曾經說道：
「朋友們，請不要責備我不說話。
我雖然不能議論，
但是我時時刻刻準備著去鬥爭。」

「他的眼光常在斥責議論者的怯懦。」
一個朋友曾這樣的評論過他。
是的，這我也屢次的感覺到了。
但是現在再也不能從他的眼裡受到正義的斥責了。

他是勞動者 —— 是一個機械工人。
他常是熱心的，而且快活的勞動，
有空就和朋友談天，又喜歡讀書。
他不抽菸，也不喝酒。

他的真摯不屈，而且思慮深沉的性格，
令人想起猶拉山區的巴枯寧的朋友[108]。
他發了高燒，倒在病床上了，
可是至死為止不曾說過一句胡話。

「今天是五月一日，這是我們的日子。」
這是他留給我們的最後一句話。
那天早上，我去看他的病，
那天晚上，他終於永眠了。

唉唉，那廣闊的前額，像鐵鎚似的手臂，
還有那好像既不怕生
也不怕死的，永遠向前看著的眼睛 ——
我閉上眼，至今還在我的目前。

---

108 巴枯寧（1814 － 1876）是俄國的無政府主義者。猶拉山區在瑞士。巴枯寧曾在那裡組織猶拉聯盟，進行無政府主義者的活動。

他的遺骸，一個唯物主義者的遺骸，
埋葬在那栗樹底下了。
「我時時刻刻準備著去抗爭！」
這就是我們朋友們替他選定的墓誌銘。

打開了舊的提包

我的朋友打開了舊的提包，
在微暗的燭光散亂著的地板上，
取出種種的書籍，
這些都是這個國家所禁止的東西。

我的朋友隨後找到了一張照片，
「這就是了！」放在我的手裡，
他又靜靜的靠著窗吹起口哨來了。
這是一張並不怎麼美的少女[109]的照片。

---

109 指索菲亞．里沃芙娜．皮羅夫斯卡雅，見注釋 103。

家

今天早上醒過來的時候，
忽然又想要可以稱作我家的家了，
洗臉的時候也空想著這件事，
從辦公的地方做完一天的工作回來之後，
喝著晚餐後的茶，抽著菸，
紫色的煙的味道也覺得可親，
憑空的這事又浮現在心頭——
憑空的，但又是悲哀的。

地點離鐵路不遠，
選取故鄉的村邊的地方。
西式的，木造的，乾乾淨淨的一棟房，
雖然並不高，也沒有什麼裝飾，
寬闊的臺階，露臺和明亮的書房⋯⋯
的確是的，還有那坐著很舒服的椅子。
這幾年來屢次想起的這個家，
每想起的時候房間的構造稍有改變，
心裡獨自描畫著，
無意的望著洋燈罩的白色，

彷彿見到住在這家裡的愉快情形，
和讓哭著的孩子吃奶的妻同在一間房裡，
她在角落裡，衝著那邊，
嘴邊自然的出現了一絲微笑。

且說那庭院又寬又大，讓雜草繁生著
到了夏天，夏雨落在草葉上面
發出了聲響，聽著很是愉快。
又在角落裡種著一棵大樹，
樹根放著白色油漆的凳子 ——
不下雨的日子就走到那裡，
抽著發出濃煙的，香味很好的埃及菸草，
把每隔四五天丸善[110]送來的新刊
裁開那書頁，
悠悠的等著吃飯的通知，
或者招集了遇事睜圓了眼睛，
聽得出神的村裡的孩子們，告訴他們種種
的事情。……
難以捉摸的，而又可悲的，
不知什麼時候，少年時代已消逝，

110 日本東京的大書店，主要賣外國書。

為了每月的生計弄得疲勞了，
難以捉摸的，而又可悲的，
可懷念的，到了什麼時候都捨不得拋棄的心情，
在都市居民的匆忙的心裡浮現了一下，
還有那種種不曾滿足的希望，
雖然起初就知道是虛空的，
眼睛裡卻總是帶著少年時代瞞著人戀愛的神色，
也不告訴妻子，只看著雪白的洋燈罩，
獨自祕密的，熱心的，心裡想念著。

1911 年 6 月 25 日，東京

飛機

看啊，今天那蒼空上，

飛機又高高的飛著了[111]。

一個當聽差的少年，

難得趕上一次不是當值的星期日，

和他患肺病的母親兩個人坐在家裡，

獨自專心的自學英文讀本，那眼睛多疲倦啊。

看啊，今天那蒼空上，

飛機又高高的飛著了。

1911 年 6 月 27 日，東京

111 日本陸軍是在 1910 年末第一次買飛機的。

叫子和口哨　補遺

無結果的議論之後（一）

在我的頭腦裡，
就像在黑暗的曠野中一樣，
有時候閃爍著革命的思想，
宛如閃電的迸發——

但是唉，唉，
那雷霆的轟鳴卻終於聽不到。

我知道，
那閃電所照出的
新的世界的姿態。
那地方萬物將各得其所。

可是這常常是一瞬就消失了，
而那雷霆的轟鳴卻終於聽不到。
在我的頭腦裡，
就像在黑暗的曠野中一樣，
有時候閃爍著革命的思想，
宛如閃電的迸發——

1911 年 6 月 15 日夜

無結果的議論之後（八）

真是的，那小街的廟會的夜裡，
電影的小棚子裡，
漂浮著汽油燈的臭煤氣，
秋夜的叫子叫得好淒涼啊！
呼嚕嚕的叫了，隨即消失，
四邊忽然的暗了，
淡藍的，淘氣小廝的電影出現在我眼前了。
隨後又呼嚕嚕的叫了，
於是那聲音嘶啞的說明者，
做出西洋幽靈般的手勢，
冗長的說起什麼話來了。
我呢，只是含著眼淚罷了。

但是，這已是三年之前的記憶了。
懷抱著無結果的議論之後的疲倦的心，
憎恨著朋友中某某人的懦弱，
只是一個人，在雨夜的街上走了回來，
無緣無故的想起那叫子來了，
—— 呼嚕嚕的，
又一回，呼嚕嚕的。——

我忽然的含著眼淚了。
真是的，真是的，我的心又飢餓又空虛，
現今還是與從前一樣。

1911 年 6 月 17 日

無結果的議論之後（九）

我的朋友，今天也在
為了馬克思的《資本論》的
難懂而苦惱著吧。

在我的周圍，
彷彿黃色的小花瓣，
飄飄的，也不知為什麼，
飄飄的散落。

說是有三十歲了，
身長不過三尺的女人，
拿了紅色的扇子跳著舞，
我是在雜耍場裡看到的。
那是什麼時候的事情呢？

說起來，那個女人 ——
只到我們的集會裡來過一回，
從此就不再來了 ——

那個女人，
現今在做什麼事呢？

明亮的午後，心裡莫名其妙的不能安靜。

可以吃的詩

這篇詩論的原題是〈寄自弓町 —— 可以吃的詩〉，發表於 1909 年 11 月 30 日至 12 月 7 日的《東京每日新聞》上。根據岩波書店版《啄木全集》第九卷譯出。

關於詩這東西，我有一個很長的時期曾經迷惑過。

不但關於詩是如此。我至今所走過的是這樣的道路：正如手裡拿著的蠟燭眼看著變小了，由於生活的壓，自己的「青春」也一天一天的消失了。為了替自己辯護，我隨時都想出種種理由來，可是每次到了第二天，自己就不能滿足了。蠟燭終於燃盡，火也滅了。幾十天的時間，我彷彿投身在黑暗之中——這樣的狀態過去了。不久我又在黑暗中，靜待自己的眼睛習慣於黑暗——這樣的狀態也過去了。

可是到了現在，我用一種完全不相同的心情，考慮自己所走過的道路，卻覺得有種種想要說的事情。

以前我也作過詩，這是從十七、十八歲起兩、三年的期間，那時候對我來說，除了詩以外再也沒有什麼東西了。我從早到晚都渴望著某種東西，只有透過作詩，我這種心情才多少得到發洩的機會。而且除了這種心情以外，我就什麼都沒有了。——那時候的詩，誰都知道，除了空想和幼稚的音樂，多少還帶有一些宗教成分（或者類似的成分）而外，就只是一些因襲的感情了。我回顧自己當時作詩的態度，有一句想說的話。那就是：必須經過許多煩瑣的手續，才能知道要在詩裡唱出真實的感情。譬如在什麼空地上立著一丈來高的樹木，太陽晒著它。要感到這件事，非得把空地當作曠野，把樹當作大樹，把太陽當作朝陽或是夕陽，不但如此，而且看見它的自己也須是詩人，或是旅客，或是年輕的有憂愁的人才行，不然的話，自己的感情就和當時的詩的調子不相合，就連自己也不能滿足的。

兩、三年過去了。我漸漸的習慣於這種手續，同時也覺得這種手續有點麻煩了。於是出現了一種奇怪的情形：我在當時所謂「興致來了的時候」寫不成東西，反而是在自己對自己感到輕蔑的時候，或是等雜誌的交稿日期到了，迫於實際情況，才能寫出詩來。到了月底，就能作出不少詩來。這是因為每到月底，我就有一件非輕蔑自己不可的事。

所謂「詩人」或「天才」，當時很能使青年陶醉的這些激動人心的詞句，不曉得在什麼時候已經不能再使我陶醉了。從戀愛當中覺醒過來時似的空虛之感，在自己思量的時候不必說了，遇見詩壇上的前輩，或讀著他們的著作的時候，也始終沒有離開我過。這是我在那時候的悲哀。那時候我在作詩時所慣用的空想化的手法，也影響到我對一切事物的態度。撇開空想化，我就什麼事情也不能想了。

象徵詩這個名詞當時初次傳到日本詩壇上來了。我也心裡漠然地想：「我們的詩老是這樣是不行的。」但是總覺得，新輸入的東西只不過是「一時借來的」罷了。

那末怎麼辦才好呢？要想認真的研究這個問題，從各種意義上來說，我的學問是不夠用的。不但如此，對於作詩這事的漠然空虛之感，也妨礙我把心思集中在這上頭。當然，當時我所想的「詩」和現在所想的「詩」，是有著很大差別的。

二十歲的時候，我的境遇有了很大的變動。回鄉的事，結婚的事，還有什麼財產也沒有的一家人餬口的責任，同時落到我的身上了。我對於這個變動，不能定出什麼方針來。從那以後到今天為止我所受的苦痛，是一切空想家——在自己應盡的責任面前表現得極端卑怯的人——所應該受的。特別是像我這樣一個除了作詩和跟它相關聯的可憐的自負之外，什麼技能也沒有的人，所受的痛苦也就更強烈了。

對於自己作詩的那個時期的回想，從留戀變成哀傷，從哀傷變成自嘲。讀人家的詩的興趣也全然消失了。我有一種彷彿是閉著眼睛深入到生活中去似的心情，有時候又帶來一種痛快的感覺，就像是自己拿著快刀割開發癢的疙瘩一樣。有時候又覺得，像是從走了一半的坡兒上，腰裡被拴上一條繩子，被牽著倒退下去的樣子。只要我覺得自己待在一個地方不能動了，我就幾乎是無緣無故的竭力來對自己的境遇加以反抗。這種反抗常常給我帶來不利的結果。從故鄉到函館，從函館到札幌，從札幌到小樽，從小樽到釧路——我總是這樣的漂流謀生。不知從什麼時候起，我和詩有如路人之感。偶爾會見讀過我以前所寫的詩的人，談起從前的事情，就像曾經和我一起放蕩過的友人對我講到從前的女人似的，引起同樣的不快的感覺。生活經歷使我起了這樣的變化。帶我到釧路新聞社去的一位溫厚的老政治家曾對人介紹我說：「這是一位新詩人。」別人的好意，從來沒有像這樣使我感到過侮辱。

橫貫思想和文學這兩個領域的鮮明的新運動的聲音[112]，在為了謀生而一直往北方走去的我的耳朵裡響著。由於對空想文學的厭倦，由於在現實生活中多少獲得了一些經驗，我接受了新運動的精神。就像是遠遠的看去，自己逃脫出來的家著了火，熊熊的燃燒起來，自己卻從黑暗的山上俯視著一樣。至今想起來，這種心情也還沒有忘記。

詩在內容上、形式上，都必須擺脫長時間的因襲，求得自由，從現代的日常的言詞中選取用語，對於這些新的努力，我當然沒有任何反對的理由。「當然應該如此。」我心裡這樣想。但是對任何人我都不願意開口說這話。就是說，我只是說什麼：「詩本來是有某種約束的。假如得到了真的自由，那就非完全成為散文不可。」我從自己的閱歷上想來，無論如何不願意認為詩是有前途的。偶然在雜誌上讀到從事這些新運動的人們的作品，看見他們的詩寫得拙劣，我心裡就暗暗的覺得高興。

112 指自然主義文學的興起。

散文的自由的國土！我雖然沒有決定好要寫什麼東西，但是我帶著這種漠然的想法，對東京的天空懷著眷戀。

釧路是個寒冷的地方。是的，只是個寒冷的地方而已。那是一月底的事，我從西到東地橫過那被雪和冰所埋沒，連河都無影無蹤了的北海道，到了釧路。一連好多日子，早晨的溫度都是攝氏零下一度到六度，空氣好像都凍了。冰凍的天，冰凍的土。一夜的暴風雪，把各家的屋簷都堵塞了的光景我也看到了。廣闊的寒冷的港內，不知從什麼地方來的，流冰聚集，有多少天船隻也不動，波浪也不興。我有生以來頭一次喝了酒。

把生活的根底赤裸裸的暴露出來的北方殖民地的人情，終於使我的怯弱的心深深的受了傷。

我坐了不到四百噸的破船，出了釧路的海港，回到東京來了。

正如回來了的我不是從前的我一樣，東京也不是以前的東京了。回來了的我首先看到對新運動並不懷著同情的人出乎意外的多，而吃了一驚——或者不如說是感到一種哀傷。我退一步想了想這個問題。我從冰雪之中帶來的思想，雖是漠然的、幼稚的東西，可是我覺得是沒有錯誤的。而且我發現人們的態度跟我自己對口語詩的嘗試所抱的心情有類似之處，於是我忽然對自己的卑怯產生了強烈的反感。由於對原來的反感產生了反感，我就對口語詩因為還沒成熟的緣故，不免受到種種的批評這件事，就比別人更抱同情了。

然而我並沒有因此就熱心的去讀那些新詩人的作品。對於那些人同情的事，畢竟只是我本身的自我革命的一部分而已。當然我也沒有想過要作這一類的詩。我倒是說過好幾次這樣的話：「我也作口語詩。」可是說這話的時候，我心裡是有「要是作詩的話」這樣一個前提的。要末就是遇見對口語詩抱有極端的反感的人的時候我才這麼說。

這期間我曾作過四五百首短歌。短歌！作短歌這件事，當然是和上文所說的心情有著齟齬的。

然而作短歌也是有相當的理由的。我想寫小說來著。不，我打算寫來著，實際上也寫過。可是終於沒有寫成。就像夫婦吵架被打敗的丈夫，只好毫無理由的申斥折磨孩子來得到一種快感一樣，我當時發現了可以任性虐待某一種詩，那就是短歌。

不久，我不得不承認這一年的辛苦的努力，終於落了空。

我不大相信自己是能夠自殺的人，可是又這麼想：萬一死得成……於是在森川町公寓的一間房裡，把友人的剃刀拿了來，夜裡偷偷的對著胸脯試過好幾次……我過了兩三個月這樣的日子。

這個時候，曾經擺脫了一個時期的重擔又不由分說的落到我的肩上來了。

種種的事件相繼發生了。

「終於落到底層了！」弄得我不得不從心底裡說出這樣的話來。

同時我覺得，以前好笑的事情，忽然笑不出來了。

當時這樣的心情，使我初次懂得了新詩的真精神。

「可以吃的詩」，這是從貼在電車裡的廣告上時常看見的「可以吃的啤酒」這句話聯想起來，姑且取的名稱。

這個意思，就是說把兩腳立定在地面上而歌唱的詩，是用和現實生活毫無間隔的心情，歌唱出來的詩，不是什麼山珍海味，而是像我們日常吃的小菜一樣，對我們是「必要」的那種詩。—— 這樣的說，或者要把詩從既定的地位拉下來了也說不定，不過照我說來，這是把本來在我們的生活裡有沒有都沒關係的詩，變成必要的一種東西了。這就是承認詩的存在的惟一的理由。

以上的話說得很簡略，可是兩、三年來詩壇的新運動的精神我想就在這裡了。不，我想是非在這裡不可，我這樣說，只不過是承認，從事這種新運動的人們在兩三年前就已經感受到的事，我現在才切實的感受到了。

關於新詩的嘗試至今所受到的批評我也想說幾句話。

有人說：「這不過是『なり』和『であろ』或是『た』的不同罷了。」[113] 這句話不過是指出日本的國語還沒有變化到連語法也變了的程度。

還有一種議論說，人的教養和趣味因人而不同。表現出某種內容的時候，用文言或是用口語全是詩人的自由。詩人只須用對自己最便利的語言歌唱出來就好了。大體上說來，這是很有理的議論。可是我們感到「寂寞」的時候，是感到「唉，寂寞呀」呢，還是感到「嗚呼寂寞哉」呢？假如感到「唉，寂寞呀」，而非寫成「嗚呼寂寞哉」心裡才能滿足，那就缺少了徹底和統一。進一步來說，判斷 —— 實行 —— 責任，從迴避責任的心出發，將判斷也矇混過去了。趣味這句話，本來意味著整個人格的感情的傾向，但是往往濫用於將判斷矇混過去的場合。這樣的趣味，至少在我覺得是應該竭力排斥的。一事足以概萬事。「唉，寂寞呀」非說成「嗚呼寂寞哉」才能滿足的心裡有著無用的手續，有著迴避，有著矇混。這非說是一種卑怯不可。「趣味不同，所以沒有辦法。」人們常常這樣的說。這話除非是這個意思：「就是說了你也不見得會懂，所以不說了。」要末就不得不說是卑劣透頂的說法。到現在為止，「趣味」是被當作議論以外的，或是超

113「なり」（nari）是「是」的文言，「である」（dearu）和「だ」（da）是「是」的口語。

乎議論之上的東西來對待的，我們必須用更嚴肅的態度來對待它。

這話離題遠一些，前些日子，在青山學院當監督或是什麼的一個外國婦女死了。這個婦女在日本居住了三十幾年，她對平安朝文學的造詣很深，平常對日本人也能夠自由自在的用文言對談。可是這件事並不能證明這個婦女對日本有十分的了解。

有一種議論說，詩雖然不一定是古典的，只是現在的口語要是用作詩的語言就太複雜，混亂，沒有經過洗練。這是比較有力的議論。可是這種議論有個根本的錯誤，那就是把詩當作高價的裝飾品，把詩人看得比普通人高出一等，或是跟普通人不同。同時也包含著一種站不住腳的理論，那就是說：「現代日本人的感情太複雜，混亂，沒有經過洗練，不能用詩來表達。」

對於新詩的比較認真的批評，主要是關於它的用語和形式的。要末就是不謹慎的冷嘲。但是對現代語的詩覺得不滿足的人們，卻有一個有力的反對的理由。那就是口語詩的內容貧乏這件事。

可是應該對這件事加以批評的時期早已過去了。

總而言之，明治四十年代[114]以後的詩非用明治四十年代

114 明治年代共有四十五年，這裡指明治四十年到四十五年（1907至1912年）。

以後的語言來寫不可，這已經不是把口語當作詩的語言合適不合適，容易不容易表達的問題了，而是新詩的精神，也就是時代的精神，要求我們必須這麼做。我認為，最近幾年來的自然主義的運動是明治時代的日本人從四十年的生活中間編織出來的最初的哲學的萌芽，而且在各方面都付諸實踐，這件事是很好的。在哲學的實踐以外，我們的生存沒有別的意義。詩歌採用現代的語言，我認為也是可貴的實踐的一部分。

當然，用語的問題並不是詩的革命的全體。

那末，第一，將來的詩非哪樣不可呢？第二，現在的詩人們的作品，我覺得滿足麼？第三，所謂詩人是什麼呢？

為了方便起見，我先就第三個問題來說吧。最簡捷的來說，我否定所謂詩人這種特殊的人的存在。別人把寫詩的人叫做詩人，雖然沒有什麼關係，但是寫詩的人本人如果認為自己是詩人，那就不行。說是不行，或者有點欠妥，但是這樣一想，他所寫的詩就要墮落……就成了我們所不需要的東西。成為詩人的資格計有三樣。詩人第一是非「人」不可。第二是非「人」不可。第三是非「人」不可。而且非得是具有凡是普通人所有的一切東西的那樣的人。

話說得有點混亂了，總而言之，像以前那樣的詩人——對於和詩沒有直接關係的事物，毫無興趣也不熱心，正如餓狗求食那樣，只是探求所謂詩的那種詩人，要極力加以排斥。意志薄弱的空想家，把自己的生活從嚴肅的理性的判斷迴避了的卑怯者，將劣敗者的心用筆用口表達出來聊以自慰的懦怯者，閒暇時以玩弄玩具的心情去寫詩並且讀詩的所謂愛詩家，以自己的神經不健全的事竊以為誇的假病人，以及他們的模仿者，一切為詩而寫詩的這類的詩人，都要極力加以排斥。當然誰都沒有把寫詩作為「天職」的理由。「我乃詩人也」這種不必要的自覺，以前使得詩如何的墮落呢！「我乃文學者也」這種不必要的自覺，現在也使現代的文學如何與我們漸相隔離呢？

真的詩人在改善自己，實行自己的哲學方面，需要有政治家那樣的勇氣，在統一自己的生活方面，需要有企業家那樣的熱心，而且經常要以科學者的敏銳的判斷和野蠻人般的率直的態度，將自己心裡所起的時時刻刻的變化，既不粉飾也不歪曲，極其坦白正直的記錄下來，加以報導。

記錄報導的事不是文藝職分的全部，正如植物的採集分類不是植物學的全部一樣。但是在這裡沒有進一步加以評論的必要。總之，假如不是如上文所說的「人」，以上文所說的態度所寫的詩，我立刻就可以說：「這至少在我是不必要的。」而且對將來的詩人來說，關於以前的詩的知識乃至詩論都沒有什麼用。——譬如說，詩（抒情詩）被認為是一切藝術中最純粹的一種。有一個時期的詩人借了這樣的話，竭力使自己的工作顯得體面一些。但詩是一切藝術中最純粹的這話，有如說蒸餾水是水中最純粹者一樣，可以作為性質的說明，但不能作為有沒有必要的價值的標準。將來的詩人絕不應該說這樣的話，同時應該斷然拒絕對詩和詩人的毫無理由的優待。一切文藝和其他的一切事物相同，在某種意義上來說，在我們只是自己及生活的手段或是方法。以詩為尊貴的東西，那只是一種偶像崇拜。

詩不可作得像所謂詩的樣子。詩必須是人類感情生活（我想應該有更適當的名詞）的變化的嚴密的報告，老實的日記。因此不能不是斷片的。——也不可能是總結的。（有總結的詩就是文藝上的哲學，演繹的成為小說，歸納的成為戲劇。詩和這些東西的關係，有如流水帳和月底或年終決算的關係的樣子。）而且詩人絕不應該像牧師找說教的材料，妓女尋某種男子似的，有什麼成心。

雖是粗糙的說法，但是從上文中也可以約略知道我所要說的話了。不，還遺漏了一句話沒有說。這就是說，我們所要求的詩，必須是生活在現在的日本，使用現在的日本語，了解現在的日本的情況的日本人所作的詩。

其次我自己對於現代的詩人們的詩是否滿足的問題，只有這一番話要說。——各位的認真的研究是對外國語知識很缺乏的我所歆羨而且佩服的，但是諸位從研究當中得到了益處，是否同時也受害了呢？德國人喝啤酒來代替喝水，因此我們也來這樣做吧 —— 自然還不至於到這個程度，可是假若有幾分類似的事，在諸位來說不是不名譽麼？更率直地說，諸位關於詩的知識日益豐富，同時卻在這種知識上面造成某種偶像，對了解日本的事卻忽略了，有沒有這樣的情況呢？是不是忘了把兩腳站定在地面上了呢？

此外，諸位對於想把詩變成新的東西，太熱心了，是不是反而忽略了改善自己和自己的生活的重大事情呢？換句話說，諸位曾經排斥過某些詩人的墮落，現在是不是又重蹈他們的覆轍了呢？

諸位是不是有必要將擺在桌上的華美的幾冊詩集都燒掉，重新回到諸位所計劃的新運動初期的心情去呢？

以上把我現在所抱著的對於詩的見解和要求已經大略說明了，從同一立場，我還想對文藝批評的各個方面，加以種種評論。

1909 年 11 月

代跋　周作人：石川啄木的詩歌是我所頂喜歡的

譯得不滿意的不但是這一種《古事記》，有些更是近代的作品，也譯得很不恰意，這便是石川啄木的詩歌。其實他的詩歌是我所頂喜歡的，在 1921 年的秋天我在西山養病的時候，曾經譯過他的短歌二十一首，長詩五首，後來收在《陀螺》裡邊。當時有一段說明的話，可以抄在這裡，雖然是三十年前的舊話了，可是還是很確當：

「啄木的著作裡邊小說詩歌都有價值，但是最有價值的還要算是他的短歌。他的歌是所謂生活之歌，不但是內容上注重實生活的表現，脫去舊例的束縛，便是在形式上也做了革命，運用俗語，改變行款，都是平常的新歌人所不敢做的。他在 1910 年末所做的一篇雜感裡，對於這些問題說得很清楚，而且他晚年的（案啄木只活了二十七歲，在 1912 年就死了）社會思想也明白的表示出來了。

我一隻手臂靠在書桌上，吸著紙菸，一面將我的寫字疲倦了的眼睛休息在擺鐘的指針上面。我於是想著這樣的事情。—— 凡一切的事物，倘若在我們感到有不便的時候，我們對於這些不便的地方可以不客氣的去改革它。而且這樣的做正是當然的，我們並不為別人的緣故而生活著，我們乃是為了自己的緣故而生活著的。譬如在短歌裡，也是如此。我們對於將一首歌寫作一行的辦法，已經覺得不便，或者不自然了，那麼便可以依了各首歌的調子，將這首歌寫作兩行，那首歌寫作三行，就是了。即使有人要說，它本身如既然和我們的感情不能翕然相合，那麼我們當然可以不要什麼客氣了。倘若三十一字這個限制有點不便，大可以盡量的去做增字的歌。（案日本短歌定例三十一字，例外增加字數通稱為字餘。）至於歌的內容，也不必去聽那些任意的拘束，說這不像是歌，或者說這不成為歌，可以別無限制，只管自由的說出來就好了。只要能夠這樣，如果人們懷著愛惜那在忙碌的生活之中，浮到心頭又復隨即消去的剎那剎那的感覺之心，在這期間歌這東西是不會滅亡的。即使現在的三十一字變成了四十一字，變成了五十一字，總之歌這東西是不會滅亡的。我們依據了這個，也就能夠使那愛惜剎那剎那的生命之心得到滿足了。

我這樣想著，在那秒針正走了一圈的期間，凝然的坐著，我於是覺得我的心漸漸的陰暗起來了。——我所感到不便的，不僅是將一首歌寫作一行這一件事情。但是我在現今能夠如意的改革，可以如意的改革的，不過是這桌上的擺鐘、硯臺、墨水瓶的位置，以及歌的行款之類罷了。說起來，原是無可無不可的那些事情罷了。此外真是使我感到不便，感到苦痛的種種的東西，我豈不是連一個指頭都不能觸它一下麼？不但如此，除卻對於它們忍從屈服，繼續的過那悲慘的二重生活以外，豈不是更沒有別的生於此世的方法麼？我自己也用了種種的話對於自己試為辯解，但是我的生活總是現在的家族制度，階級制度，資本制度，知識買賣制度的犧牲。

我轉過眼來，看見像死人似的被拋在席上的一個木偶。歌也是我的悲哀的玩具罷了。」

啄木的短歌只有兩冊，其一是他在生前出板的，名曰《一握砂》，其二原名《一握砂以後》，是在他死後由他的友人土岐哀果替他改為《可悲的玩具》了。他的短歌是所謂生活之歌，與他的那風暴的生活和暗黑的時代是分不開的，幾乎每一首歌裡都有它的故事，不是關於時事也是屬於個人的。日本的詩歌無論和歌俳句，都是言不盡意，以有餘韻為貴，唯獨啄木的歌我們卻要知道他歌外附帶的情節，愈詳細的知道愈有情味。所以講這些事情的書在日本也很出了些，我也設法弄一部分到手，盡可能的為那些歌做注釋，可是印刷上規定要把小注排在書頁底下，實在是沒有地方，那麼也只好大量的割愛了。啄木的短歌當初翻譯幾首，似乎也很好的，及至全部把它譯出來的時候，有些覺得沒有多大意思，有的本來覺得不好譯，所以擱下了。現在一股腦譯了出來，反似乎沒有什麼可喜了。這是什麼緣故呢，大概就是由於上述的情形吧？

節選自〈我的工作五〉

編後記

此次出版，我們參照了目前流行的各種版本，查漏補缺，校正訛誤，重新釐出「人生」、「生活」兼及周作人「旁觀其他」的雜文主題，並重新擬定前述書名。這套書是從文學角度來閱讀周作人，不代表任何其他立場。請知悉。

本書《從前的我也很可愛啊》的編輯過程中，由於作者和譯者生活所處年代，在標點、句式的用法上難免與現在的規範有所不同，為保持原著風貌，本版均未作改動。另外，各書中一些常用詞彙亦與現在的寫法不同，如「要末」即為「要麼」，「那末」即為「那麼」，「出板」即為「出版」，「惟一」即為「唯一」，「寒傖」即為「寒磣」，「發見」即為「發現」，「桔子」即為「橘子」等等。並且，在當時的語言環境中，「的」「地」「得」不分，以及「挑選」「撿」、「做」「作」混用現象也是平常的。請讀者在閱讀過程中，根據文意加以辨別區分。

各書中的一些譯名也與現在一般通用的有所不同，如「索尼亞」今譯為「索尼婭」，「索菲亞．里沃芙娜．皮羅夫斯卡雅」今譯為「索菲婭．利沃夫娜．佩羅夫斯卡婭」等等，此種現象在本書中出現不多，但本次出版也未作改動。

編書如掃落葉，難免有錯訛疏漏，盼指正。

電子書購買

爽讀 APP

國家圖書館出版品預行編目資料

從前的我也很可愛啊：少年時代的心情輕飄飄的飛去了，石川啄木詩歌集 / [日] 石川啄木 著，周作人 譯 . -- 第一版 . -- 臺北市 : 崧燁文化事業有限公司 , 2023.10
面； 公分
POD 版
ISBN 978-626-357-716-9(平裝)
861.53 112015729

從前的我也很可愛啊：少年時代的心情輕飄飄的飛去了，石川啄木詩歌集

臉書

作　　者：[日] 石川啄木
翻　　譯：周作人
發 行 人：黃振庭
出 版 者：崧燁文化事業有限公司
發 行 者：崧燁文化事業有限公司

E-mail：sonbookservice@gmail.com
粉 絲 頁：https://www.facebook.com/sonbookss/
網　　址：https://sonbook.net/
地　　址：台北市中正區重慶南路一段六十一號八樓 815 室
Rm. 815, 8F., No.61, Sec. 1, Chongqing S. Rd., Zhongzheng Dist., Taipei City 100, Taiwan
電　　話：(02)2370-3310　**傳　　真**：(02) 2388-1990

印　　刷：京峯數位服務有限公司
律師顧問：廣華律師事務所 張珮琦律師

定　　價：299 元
發行日期：2023 年 10 月第一版
◎本書以 POD 印製
Design Assets from Freepik.com